発達障害の生きづらさはスポーツで解消される！

西薗一也

竹書房

スポーツで発達障害の症状は改善される

　発達障害。この本を手に取ってくださった方は、いまどのような気持ちで本をご覧になっているでしょうか？
「子どもの発達障害を少しでも改善したい」「自分は得意なのに、なぜ自分の子は運動ができないのか知りたい」「どうにかして運動音痴を改善したい」
　きっといろんな気持ちをお持ちの中、この本を選んでくださったと思います。
　親御さんの立場でこの本をお読みの方は、日常生活の中でお子さんが「落ち着いて座っていられない」「話を聞いていられない」など、まわりの大人が困ってしまうような場面をきっといくつも経験なさってきたのではないでしょうか。毎日お子さんと向き合い、将来を見据えて少しでも社会に身を置けるように行動を改善したい、とがんばっていらっしゃることは簡単ではありませんよね。まずはそんなご自身を褒めてあげてほしいな、と私は思っています。

　そもそも発達障害とは、ASD（自閉スペクトラム症）、ADHD（注意欠如多動症）、SLD（限局性学習症）など、感覚処理や行動、コミュニケーション、社交性などに特有の困難を伴うことがある障害のことをいいます。日常生活におけるさまざまな事柄に対しての理解や反

応が、定型発達のお子さんとは異なる場合があるため、特別な支援が必要になることもあります。

運動においても、その特徴が顕著に表れることがあるので、私が運営するスポーツ教室に入会される方にも、たくさんの発達障害のお子さんがいらっしゃいます。

そして、発達障害には大きく分けて次の3つがあり、その種類と特徴について簡単にご説明したいと思います。

❶ ASD

自閉スペクトラム症のこと。表情や身振りなどから相手の感情を読み取る力が弱く、特定の物事に対して強いこだわりや関心を持つのが特徴。アスペルガー症候群、自閉症といわれていた発達障害が包括されて「自閉スペクトラム症」と呼ばれるようになった

❷ ADHD

注意欠如多動症のこと。注意の持続や順序立てて行動することに支障がある、落ち着きがない、待てない、行動抑制に困難があるといった特徴を持つ。日常生活に影響が大きく、集団生活で目立ちがちになる

❸ SLD

限局性学習症（学習障害）のこと。「読み」「書き」「計算（数字）」など特定の学習面に限定して、著しい困難が生まれるという特徴を持つ。視覚的に文字を認識することができなかったり、数字の持つ意味がつかめなかったり、全体的な理解度とは別の部分でその特徴が出る

主な発達障害

ASD
Autism Spectrum Disorder
自閉スペクトラム症

● 感情を読み取る力が弱い
● 強いこだわりや関心を持つ
● 行動がパターン化する
　　　……など

知的発達症
（知的障害など）

SLD
Specific Learning Disorder
限局性学習症（学習障害）

● 「読み」「書き」「計算（数字）」
　など特定の学習が困難
● 文字が認識できない
● 数字の持つ意味がつかめない
　　　……など

ADHD
Attention-Deficit / Hyperactivity Disorder
注意欠如多動症

● 注意の持続ができない
● 順序立てて行動できない
● 落ち着きがない
　　　……など

　私はこのような発達障害のお子さんを初めて受け持ってから、数年かけてだんだんと運動が苦手なお子さんの特徴をつかんでいきました。

　いま私は『スポーツひろば』という教室を運営していますが、教室を始めた当初は発達障害のお子さんを見たことも、その分野について勉強したこともありませんでした。そして、あるとき指導を任せていただいた運動の苦手なお子さんが発達障害をお持ちで、通常の指導ではなにひとつ進まないカリキュラムに悪戦苦闘しながら指導する機会がありました。

　思うようには進まない指導に、最初こそ私もイラッとしましたし、

腹を立てたこともありました。しかし、時間をかけて辛抱強く接することで、そのお子さんの「苦手」を少しずつ改善していくことができたのです。

その指導過程を自分なりに細かく記録・分析していったことがきっかけとなり、発達障害のお子さんにも適切な指導ができるようになっていきました。そして、自身が運営するスポーツ教室や幼稚園への出張授業など、これまでに数千件におよぶ保育者や親御さん、お子さん自身の不安を受け止めて、運動が得意ではないお子さんを「運動の苦手改善」へと導いてきました。

こうして実際に現場で指導をおこなっていくと、運動が苦手で教室を訪れるお子さんには「発達障害」と診断された、あるいはいわゆる「グレーゾーン」のお子さんが非常に多いことがわかってきました。

また、そのようなお子さんがスポーツを通して「できた！」の経験を増やしていくことで、発達障害の特性に由来したさまざまな困りごとの改善につながった場面にも、数多く立ち会ってきました。

つまり、それは「スポーツや運動を通して、発達障害の症状改善が見込める」ということではないでしょうか。

「椅子に座っていても体がふらついてしまううちの子が、ビシッと座っていられるようになった！」
「マンション住まいなのにドスドス音を立てて歩くので困っていたけど、なわとびの跳び方がわかったら静かに歩けるようになった！」

このような声が親御さんから聞こえてきた背景には、なわとびやボール投げなどの簡単な運動ができるように指導していったことが、とても大きく関わっています。

昨今、発達障害に関するWebや指導本などでは「体力」や「体幹」といった言葉が多用されています。でも、私はそれだけではなく「お子さん本人が自分の体の動かし方を知ること」と「指導する側（親御さんなど）が導き方を知ること」こそが、発達障害のお子さんの運動能力を向上させて、親子ともに自信を持って日常を送れるカギになると思っています。

　そのカギをつかむためには、まずお子さんも親御さんもあまり難しく考えすぎず、楽しく体を動かし、苦手意識を植えつけさせないことがとても大切になってきます。

　この本では、発達障害があることによって日常生活にお困りのお子さんと、その親御さんがより暮らしやすくなることを最大の目的として、スポーツや運動を楽しく上手に習得していくためのヒントを、症状改善のカギとなる「成功体験、自己肯定感の向上」の方法を軸にまとめています。

　運動が苦手なお子さんでも、教える側が発達障害の特性や導き方を正しく知ることで、きっと楽しくスポーツができるようになります。これまで私が実践して、スポーツを楽しめるお子さんを増やしてきたように、必ずよくなるので辛抱強く見守ってほしいと思います。

　そして、この本で得た知識を応用することで、スポーツ以外の勉強や日常生活のあらゆる場面において、過ごしやすい行動に整えていくためのヒントもお伝えしていきます。

　この本のヒントをもとにスポーツの苦手改善、さらには発達障害の生きづらさも解消して、お子さんとともに楽しく生活を送れるようにしていきましょう！

もくじ

はじめに　スポーツで発達障害の症状は改善される …… 002

第1章
発達障害の子は、なぜ運動が苦手になってしまうのか

- ボディイメージの獲得の重要性 …… 012
- 視点の集中が苦手 …… 014
- 先行きが見えないことへの不安 …… 016
- 身体感覚が鈍いことを理解してあげる …… 018
- ボディイメージの獲得には時間がかかる …… 019
- DCD（発達性協調運動障害）への理解も重要 …… 020
- 苦手意識は外からつくられる …… 022
- ３つのポジティブポイントを上手に使って導く …… 025
- 目標設定は細かくして、目標をクリアするたびに褒めてあげる …… 028
- ３つの神経伝達物質を使いこなす …… 031

第2章
運動することで、発達障害の生きづらさを解消する

- 運動することで発達障害の生きづらさを解消できるのはなぜか？ …… 041
- ワーキングメモリの重要性 …… 044

ワーキングメモリをより深く理解しよう ……………………… 046

2つのワーキングメモリを鍛えよう ……………………… 048

エピソード記憶を上書きして苦手を克服しよう ……………………… 051

成功予測を立てられるようにしてやる気を引き出そう ……………………… 053

成功体験を積み重ねて「できる！」を増やそう ……………………… 055

自己肯定感を高めるために叱らない指導を ……………………… 057

成功体験を得ることで集中力が上がる ……………………… 059

成功体験と自己肯定感が症状改善への近道 ……………………… 061

成功体験を得やすい運動で適応力を身につけよう ……………………… 063

自己肯定感を満たした行動が取れるようになるためには ……………………… 066

発達障害に関する近年の研究について ……………………… 068

第 **3** 章
家庭や指導現場での注意点とポイント

親の立ち位置とスタンス ……………………… 072

親のメンタルの保ち方 ……………………… 074

「褒める」の上達方法 ……………………… 076

目標を細かく設定して、褒める回数を増やす ……………………… 078

自己肯定感を感じてもらうための褒め方とは？ ……………………… 081

できないと、なぜふざけてしまうのか ……………………… 083

何を求めているのかを明確にして、それだけを褒めるのがゴールへの近道 ……………………… 085

まわりの目を気にしすぎないためには ……………………… 087

「ありがとう」の重要性 ……………………… 090

怒りの感情は表に出してはいけない ……………………… 092

ご家庭と習い事では何が違うのか ……………………… 094

習い事や施設を選ぶときのポイント ………… 096

親子で選びたい習い事が違う場合は？ ………… 098

指導現場で心がけること ………… 099

第 **4** 章

家庭でできる！　ボディイメージアップに役立つ運動

ボディイメージアップにオススメの運動

おひざエレベーター ………… 105

親子でゴロゴロ ………… 106

お尻歩き ………… 107

洗濯もの干し ………… 108

ビニール風船キャッチ ………… 109

往復綱渡り ………… 110

ピッタリ瞑想チャレンジ ………… 111

ピッタリ着地 ………… 112

片足ジグザグジャンプ ………… 113

鉄棒

前回りができない ………… 115

逆上がりができない ………… 116

なわとび

前跳びが跳べない ………… 117

後ろ跳びが跳べない ………… 118

大なわとび

１回も跳ぶことができない ………… 119

体操

前転ができない ………… 120

倒立が怖い ………… 121

跳び箱が跳べない ………… 122

陸上運動

短距離走が苦手	123	長距離走が嫌い	124

水泳

顔を水につけられない	125	クロールができない	126

ドッジボール

うまく投げられない	127	強く投げられない	128
捕ることができない	129		

第5章
発達障害の子にオススメのスポーツを紹介

本人の希望を聞いてあげるのが基本！ ……………………… 132

礼節を重んじる種目は向いていない？ …………………… 134

コンタクトスポーツは向いている？ ……………………… 136

団体競技は向いていない？ …………………………………… 137

個人競技は向いている！ …………………………………… 139

ダンスや体操はとくにオススメ！ ………………………… 142

マラソンも続けている子が多いのでオススメ！ ………… 144

球技をするならこれがオススメ！ ………………………… 146

部活動選びのポイント ……………………………………… 148

マルチスポーツのススメ …………………………………… 150

発達障害のお子さんとスポーツの可能性 ………………… 152

おわりに　発達障害は個性であって病ではない ………… 155

第 **1** 章

発達障害の子は、
なぜ運動が
苦手になってしまうのか

発達障害があるかないかにかかわらず、運動が苦手な方は世の中に
たくさんいますよね。でも、生まれたばかりの赤ちゃんや乳幼児期の
頃は「苦手だな」などと思わずにがむしゃらに体を動かしていません
でしたか？

　覚えていないかもしれませんが、人間は生まれてから、母親に触り
たい、おもちゃをつかみたい、ミルクを飲みたいという本能に従って
手を伸ばしています。「お母さんに触りたいけど、苦手だから手を伸
ばすのをやめよう」という思考は赤ちゃんにはまだなく、3歳くらい
までの幼児期も、興味のあることに向かって走ったり転がったりをひ
たすら繰り返して成長していきます。

　この頃には、あまり運動の「得手不得手」といった部分に思考がフ
ォーカスされていないので、苦手意識というものはもう少し成長した
あとから出てくるように思います。

　では、なぜ運動が苦手になってしまうのでしょうか？

ボディイメージの獲得の重要性

　人間は、生まれてから成長していく過程において「どの部位をどう
動かすと、どんなことができるのか」という意識、いわゆる「ボディ
イメージ」を徐々に獲得していきます。

　最初は手をニギニギして何かに触れ、目で見ることで手がそこにあ
ることを知ります。その後、寝返りを打ったりジャンプしてみたり、
さまざまな運動を繰り返すことによって、背中や足の裏など目に見え
ない部分もだんだん自分の体として認識するようになります。こうし

第1章　発達障害の子は、なぜ運動が苦手になってしまうのか

てボディイメージをつかんでいくことで、次第にスムーズな動作ができるようになっていくのです。

　人間の体には、意識して動かせる「随意筋」と呼ばれるものだけでも約400個もの筋肉がありますが、人はそのすべてを動かして生きているわけではありません。それどころか、使っていない筋肉が相当数あるという人のほうが圧倒的に多いのではないでしょうか。これは「そこに筋肉や関節がある」と認識していない、つまりその部位に「ボディイメージがない」ために、うまく使うことができないからです。

　たとえばスポーツ選手は、その認識されづらい筋肉や関節をほかの人よりも上手に使えるようトレーニングを重ねていきます。その結果、誰よりも速く走れたり、誰よりも高く跳べたりという周囲より突出した運動能力につながっていくのです。

　このように「ボディイメージ」をつけていくことで、人間はさまざまな運動ができるようになっていきます。逆にいうと、ボディイメージがついていなければ、うまく運動ができないということです。

　わかりやすいたとえでいえば、2歳くらいのお子さんが自分の絵を描いてみると顔が大きくて首や胴体がなく、指だけはしっかり描かれていることが多いですよね。これは、自分が意識できている場所が「顔」と「指」に限定されているからです。そこからだんだんと体のほかの部位を認識していくと、首や腕、胴体などがしっかり描かれていくようになります。これこそが「ボディイメージ」の取得ができているかどうかの表れなのです。

　ところが、発達障害のお子さんは、この「ボディイメージ」がつき

にくいという特性を持っています。とくに、自分の視界から外れた部位、たとえば背中など見えない部分の動きに関して、イメージすることの苦手な子がとても多いのです。

　これでは、周囲が期待しているような動きができないのも仕方ありませんよね。できないことを要求されるのは誰だって苦痛なものですから、そういった特性を理解してお子さんと接するように心がけてあげましょう。

まとめ
ボディイメージが獲得できていなければ、
うまく運動をすることはできない。
できないことを要求されるのは苦痛。

視点の集中が苦手

　ボディイメージがついていないことと同時に、発達障害のお子さんには「視点の集中が苦手」といった問題もあります。これは、目のピント調節機能が弱いためといわれています。ピントが合わないと視界がぼやけるため、細かい文字を追う必要がある音読が苦手になったり、授業中に板書の書き写しができなくなったりするなど、学習面でも大きな影響が出てきます。

　運動面でいうと、たとえば片足だけで長い時間立っているためには、左右のバランスを上手に取り続けることが必要になりますが、視線が

あちこちに動いてしまうと、とたんにバランスは崩れてしまいます。

　試しに読者のみなさんも、目をつぶったまま片足立ちをしてみてください。バランスが取れず、すぐにもう片方の足を地面につけてしまうと思います。これは、バランスを取るためには視覚情報がいかに必要かということを表しています。

　ピント調節の問題とともに、発達障害のお子さんはいろいろなものに関心が向きがちなため、つい足元を見たり窓の外を見たり天井を見たり……と、片足立ちの最中にあらゆる方向へと目線を動かしてしまうことも影響しているといえます。また、小さな区間で眼球を動かしてしまうクセのようなものも起こりやすく、片足立ちという不安定な状況に不安を覚えると、キョロキョロと眼球を動かしてしまったりもします。

　視点が集中できないことで体のバランスが取りづらくなり、片足だけで立っていることが難しくなるのです。

　このように、日常生活を送るうえでも必要なバランス機能を向上させるためには、視点の集中が必要になってきます。

- **動くものを目で追う**
- **グニャグニャの曲線を目で追う**
- **視野を広げる**

などのすぐに実践できるビジョントレーニング（目の機能訓練）をおこなって、お子さんの目の機能を強化してみてください。

　ちなみに、バランス機能を向上させるというと、よく体幹を鍛えな

ければいけないと聞くかもしれませんが、それは競技的なレベルの話になります。日常の運動といったレベルであれば、視線を一点に集中させるだけで、ずいぶんと長く片足立ちができるようになるものです。これは大人でもすぐにできますので、ご自身でもぜひ試してみてください。

> **まとめ**
> 目のピント調節機能が弱いことや、
> いろいろなものに関心が向きがちなため視点が集中できず、
> 体のバランスも取りづらくなる。

先行きが見えないことへの不安

　発達障害のお子さんには「予測できないことはイメージできない」といった特性もあります。

　水泳の授業の初期段階で、顔を水につけるときなどにその特性が顕著に出るのですが、水の中に入るというのは誰だって最初は恐怖ですよね。鼻と口を使って呼吸している状態から、水によって呼吸ができない状態になるのですから当たり前です。

　それなのに、大人は自らがすでに経験して知っているため具体的な指示を伝えず、ついつい「大丈夫だよ！　ゆっくり！」などといった根拠のない声かけをしてしまいます。すると、お子さんは「何をどうしたら大丈夫なのかわからない！」とパニックになって、できないに決まっている鼻呼吸をして水を吸ってしまう……などという事態を招

くことにつながります。

こういったときは、**事前に具体的かつ的確な指示を与えてあげることがとても大切**です。まずは「あごまで10秒間だけ水につけて！」と、誰にでもできることから始めます。そこからひとつずつ段階を上げていき、恐怖心が取り除かれてきたら「息を止めて、鼻からも空気を吸わずに、1秒間だけ顔を水につけてみようか」といった事前の具体的かつ的確な指示で、最終段階である「顔全体を水につける」ところまで徐々にステップアップしていくのです。

予測できないことは誰だって怖いですよね。電車に初めて乗るときだって、切符の買い方や時刻表の見方などを事前に予習しませんでしたか？　発達障害のあるなしにかかわらず、なんの予備知識もなく初めての行動をすることに不安を感じる、という方はとても多いのではないでしょうか。

つまり、発達障害のお子さんが運動を習得する場面で、この先に何が待ち受けているかを知らせるために、指導する側による事前の具体的かつ的確な指示は不可欠なのです。

> **まとめ** 予測できないことはイメージできないので、
> 事前に具体的かつ的確な指示を
> 与えてあげることがとても大切。

身体感覚が鈍いことを理解してあげる

　ボディイメージやピント調節機能でも挙げたように、発達障害のお子さんは身体感覚が鈍いことも運動を苦手としてしまう原因のひとつです。

　身体感覚とは、主に筋肉や関節の動きを感知する感覚（ボディイメージ）、バランス感覚、肌の感覚（触覚）の３つのことで、これら３つの感覚を使えるようにするためには、反復して練習することがとても重要になってきます。

　自分の体のことを知るために、人間は知らず知らずのうちに多くの時間を費やしています。定型発達のお子さんはそれでもいいのですが、発達障害など何らかの原因で身体感覚が鈍いお子さんだと、意図的にこれをおこなってあげる必要があります。

　感覚が鈍いお子さんばかりでなく、感覚過敏の場合も同様に反復練習が効果につながります。感覚が人より鋭いと、脳に伝わる情報量が多すぎてうまく運動につながらないのですが、できるだけ情報を削ぎ落として単純な動きを繰り返していくことで、少しずつ自分の体を知っていくことができるようになります。

　体を動かさないでいると、関節の可動域は狭くなっていきます。小さなお子さんのうちに、できるだけ自分の体の動かし方を知ることができれば、より多くの部位の動かし方を獲得することができて、何かのスポーツを習得したいときにすんなりとフォームを覚えられるよう

第1章　発達障害の子は、なぜ運動が苦手になってしまうのか

になるでしょう。

　それだけ、ボディイメージをつけることは運動をするうえでも大切なことなのです。

> **まとめ**　身体感覚が鈍い、あるいは逆に鋭い場合も、
> 単純な動きを繰り返していくことで、
> 少しずつ自分の体を知っていくことができる。

ボディイメージの獲得には 時間がかかる

　しかしながら、大人になると自分も昔は体の動かし方がわからなかった、なんてことは忘れてしまいます。幼少期に意識しながらボディイメージを獲得してきたわけではありませんから、忘れるのも当然といえば当然です。

　ただし、運動を教える側に立ったときには、自分自身が体の動かし方をどう獲得してきたのかをきちんと思い出すことができれば、根気強くお子さんに指導することができるのになぁと思えてなりません。

　生まれてから何十年もかけて体を動かし続けてきたおかげで、いま私はこうしてパソコンを使って文字を打ち込んだり、ペンを使ってメモを取ったりすることができています。そうです。定型発達の人であっても、何年もかかって獲得しているのがボディイメージなのです。それなのに、なぜか自分が教える側に立つと「なんでできないのか」が

019

わかっていない指導者も少なくはありません。だから、つい声を荒らげてしまい、お子さんのやる気を奪ってしまうことにつながるのです。

　途方もない時間をかけて獲得してきたボディイメージを、自分よりも獲得しにくい発達障害のお子さんに指導することは、熟練の指導者であっても非常に難しいことです。私も思い至らず、指導がうまくいかなかった経験もあります。

　お子さんに対して、ご家庭でつい声を荒らげてしまうことや、無理な要求をしてしまうこともあるかもしれませんが、それは致し方ないことだと私も理解しています。でも、そんなときに立ち止まり「私にもできないことがあったよな」と、いま一度自分の過去を振り返ってみると、お子さんに対しても違った対応が取れるようになるかもしれませんね。

> **まとめ**
>
> **何年もかかって獲得しているのがボディイメージ。**
> **「なんでできないのか」と声を荒らげてしまうと、**
> **やる気を奪ってしまうことにつながる。**

DCD（発達性協調運動障害）への 理解も重要

　また、DCD（発達性協調運動障害）への理解もとても重要なポイントになってきます。運動が苦手なお子さんにはこのDCDの可能性があり、克服するためには専門的な知識が必要になりますが、この障害

についての理解がまだ広がっていないのが現状です。

DCDとは、協調という脳の機能に問題があることで運動や動作にぎこちなさが生まれ、姿勢も乱れて日常生活に支障をきたしてしまう障害です。

外から入ってくる多数の感覚情報をまとめ上げ、運動につなげる機能である「協調」ができないために、ひもを結ぶことができない、スキップができないなど、さまざまな日常生活上の行動に不器用さが生じてしまいます。

このDCDという診断名は、1987年にアメリカで登場しましたが、日本で知られるようになったのは、2013年の日本小児精神神経学会が取り上げてからだといわれています。ほんの10年ほど前のことですから、現在でも発達障害に関わるセラピストや小児科医などの間でも認知度が高いとはいえません。

そのため、診断名のつく障害であるにもかかわらず、ただ単に「不器用」とか「運動が苦手」と捉えられて適切な指導に行きつかないお子さんがたくさんいるといわれています。

このように、多くの指導の現場において、お子さん本人のボディイメージがついていないうちから、的確な指示もなく正しい動きを求めてしまうことがあるため「できない」という思い込みが生まれ、それがお子さんにも親御さんにも根づいていってしまうのです。

しかも、まだその習得段階ではないことに気がつかないまま、できない動きを何度も繰り返させてしまいます。

これでは、運動が嫌いになってしまうのも無理はありませんよね。

親御さんを含めた「指導する側」に立つ大人が、お子さんの持つ特

性をきちんと理解したうえで運動を教えなければ、誤った指導に陥ってお子さんのやる気をかえって削いでしまい、運動嫌いにしてしまうことになります。

　怒らずに教えるようになりたい、という親御さんはたくさんいらっしゃると思います。そのためには、まず親御さんが発達障害についての正しい知識を持ち、お子さんの行動を理解してあげることがとても大切になってくるのです。

> **まとめ**
>
> **正しい理解が怒らない指導を生む。**
> **指導側が知識を身につけることで、**
> **誤った指導を防ぐことが大切。**

苦手意識は外からつくられる

こうしてできあがっていくのが、運動が苦手であるという意識です。

❶「できない」体験を積み重ねてしまう
❷ 指導する側が「できない」部分を強調してしまう
❸「できない」からもう「やりたくない」＝苦手意識が形成される

　このようなネガティブなプロセスを踏むことによって、着実にお子さんは運動が苦手になり、運動すること自体を避けるようになっていきます。

第1章　発達障害の子は、なぜ運動が苦手になってしまうのか

　できないときに毎回怒られてしまったら、失敗するのも怖くなりますよね。

　一度失敗しても、次はうまくやって怒られないようになれば一番いいのですが、先ほど述べたとおり、まだ習得段階を迎えていないときに繰り返し練習したところで、うまくできるようにはなりません。だから、次もまた失敗して怒られます。

　そのうち、失敗そのものを恐れて「失敗するくらいならやらない」という思考に陥ってしまうのです。

　また失敗を恐れることで、体を思いっきり動かすこともできなくなります。

　しかし、大きな動きができないと歩行バランスを取ることや、思いっきりボールを投げるなどの動作ができません。そのため不安定な場所で転びやすくなったり、遠くへ投げたいボールが目の前に落ちてしまったりといった、いわゆる「運動音痴」といわれてしまうような動作につながってしまうわけです。

　失敗して怒られたくないから、なるべく動作が目立たないように……という意識が強く働くため、遠くまで投げたいはずなのに腕を遠慮がちにちょっとだけしか動かさない。すると、当然ボールは遠くへは飛ばず、投げた手からこぼれ落ちたかのような距離にまでしか投げることができません。

　これでは、また恐れていたはずの「失敗」の繰り返しとなります。しかも、その場面を見ていたまわりは「あ～あ」とガッカリムード。そして本人も意気消沈。体育の授業では多くのクラスメイトの前で、卒業するまでこのような失敗を何度もさらさなければならないのです。想像しただけでも恥ずかしい気持ちになりませんか？

このようなことが運動するたびに起こっては「運動って楽しい」という思考になるはずがありません。それどころか「運動は罰ゲームだ」と感じるようになり、耐えがたい時間をどうやって避けようかという方向に意識が行ってしまいます。体育の時間が苦痛だったことをきっかけに不登校に陥ってしまった、という発達障害のお子さんの例もよくあります。

過去の嫌な体験というのは、反復的に記憶が呼び起こされるのでなかなか克服できません。できることなら運動を嫌な体験にせず、楽しい体験のまま記憶することがお子さんの運動能力を高めるためには何より必要なことのひとつです。

お子さんが小さな頃から「失敗しても運動は楽しい」と思える環境づくりを心がけていくことができれば、小学校に上がっても怖がらずに体育の授業を受けることができるかもしれません。

また、もうすでに体育の時間が苦手だと感じているお子さんには、このあと解説していくまわりの大人が今日からできることを実行していけば、苦手意識を薄めてあげることは十分にできると私は思っています。

繰り返しますが、お子さんは最初から運動が苦手なわけではありません。先ほどの3つのネガティブプロセスを経て、外側から形成されてしまうのが「運動への苦手意識」なのです。

まとめ

「失敗しても運動は楽しい」
と思える環境づくりを心がけていくことができれば、
苦手意識を薄めてあげることができる。

3つのポジティブポイントを
上手に使って導く

お子さんの「運動への苦手意識」を解消するためには、次の3つの
ポジティブポイントをうまく使って指導してあげることが大切です。

❶ ボディイメージをつける
❷ 具体的かつ的確な指示をする
❸ 褒める

❶ ボディイメージをつける

　ボディイメージをつけるということだけでいえば、全身のあらゆる
筋肉や関節を動かすことで簡単に解決できます。いわゆるストレッチ、
中でも体を大きく動かしながらおこなう「動的なストレッチ」です。

　ストレッチの動きの中で、体のさまざまな場所を動かすことによっ
て、それまで使われていなかった自分の部位を意識したり、関節の可
動域が広がったりする効果があります。もし、自分でうまく動かすこ
とができないお子さんの場合でも、家族や指導者などまわりにいる大
人が代わりに動かしてあげることで、それまで自分では動かせなかっ
た場所にも動かせる筋肉があるという意識づけとなり、だんだんと自
分の体の動かし方がわかるようになっていきます。

　要するに、自分の取り扱い説明書がまだないお子さんには、それを
つくってあげることが大切だということです。

　運動の種類には、大きく分けて「粗大運動」と「微細運動」の2つ

があります。

　ボディイメージを発達させている途中段階の乳幼児期は、そもそも細かな運動が苦手で動作が大きくなりがちですが、遊びの中で体全体を動かすような「粗大運動」を繰り返しおこなうことで、筋肉の動かし方がわかるようになり、ペンを握って文字を書くなどの「微細運動」ができるように発達していきます。

　発達障害のお子さんは、この「粗大運動」の発達が十分に獲得できないまま体が大きくなっているので「微細運動」が苦手なことが多いのです。

　これこそ、まだ準備ができていない（ボディイメージがついていない）まま微細運動を獲得しようとして、うまくいっていない典型例です。文字を書くことが苦手なお子さんが繰り返し書く練習だけをしていても、なかなかうまくならないのはこのためです。

　だから、最初は大きな動きのストレッチをおこなって、まずは大きな関節の可動域をイメージさせていくことが大切です。大きな関節がどんなふうに動いてくれるのかというイメージをつかんでいけば、そこから小さな関節の動かし方につながり、結果的には文字をきれいに書いたり、はしを上手に使いこなしたりなどの微細運動の強化につながります。

　文字を書くために体を大きく動かすという、一見遠回りに見えるトレーニングかもしれませんが、根気強く体を動かしていけば、きっとお子さんの微細運動は発達が進んでいくことでしょう。

❷ 具体的かつ的確な指示をする

　具体的かつ的確な指示をするためには、次の３つが必要になります。

❶ 数字で示すこと
❷ 位置を示すこと
❸ 細かく目標を設定すること

　先ほどの水泳でもお伝えしましたが、まずは「あごまで10秒間だけ水につけて！」など、最初は誰にでも達成可能な目標設定にします。呼吸にさしつかえないあごだけを水につけることで、心理的な安全を保ちながらも顔の一部を水につけた、という実績をつくるのです。

　すると、まずは第一段階をクリアしたという自信がついて「次の段階にも進めるかも！」と、本人が予測を立てることができるようになります。

　通常であれば、水泳の授業で顔を水につける場合、いきなり顔全体をつけるような指示が飛びがちです。たとえ時間は具体的に示されたとしても、いまだかつて水に顔をつけたことがないお子さんにとっては、顔全体を水で覆われるなどという状況は恐怖でしかありません。

　そこを指導する側がよく理解して、恐怖心を持っているお子さんにもクリア可能な目標設定を細かくつくって提示していく。そして、その目標をひとつひとつクリアすることで、徐々に本来の目標である「顔全体を水につける」という最終段階へと、本人のやる気を連れていくことができるのです。

❸ 褒める

　そして、この細かい目標をクリアするたびに、必ず「褒める」ことが何より大切です。

怒られたら次はやりたくなくなる、これって大人でも「あるある」ではないでしょうか。

健康を考えた食事をよかれと思ってつくったのに「このメニュー好きじゃない!」と家族に文句を言われて「もうやらない!」と思ったことはありませんか?　身に覚えがある方もいるのではないでしょうか。

このように、やる気というのは、いとも簡単にどこかへ消え去ってしまいます。そして、一度どこかへ行ってしまうと、なかなか戻ってきてはくれません。ただし、やる気の芽を呼び起こすことは意外と簡単です。

その方法こそが「褒める」ことなのです。

> **まとめ**
> ボディイメージをつける、
> 具体的かつ的確な指示をする、褒める、
> この3つでやる気の芽を呼び起こす。

目標設定は細かくして、目標をクリアするたびに褒めてあげる

怒られるといなくなるものの、褒めるとまた現れてくれるのが「やる気」です。

先ほどの料理のたとえでいえば「このメニュー食べたかったの!」と家族が笑顔で言ってくれたなら「またつくろう!」とやる気が出ますよね。

運動においては、水泳のたとえでもお話しした「細かな目標設定を

第1章　発達障害の子は、なぜ運動が苦手になってしまうのか

クリアする」たびに「褒める」ことがとても大切になってきます。
「顔を水につける」という最終目標の前に「あごを水に10秒つける」
「唇までを10秒つける」「鼻までを1秒つける」「鼻までを5秒つける」
……といった細かい目標をクリアしていき、その都度「できたね！」
と褒めるのです。

　目標設定は、細かければ細かくするほど成功につながります。目標
を細分化することで、本人のクリアしなければならない課題感やプレ
ッシャーも薄まります。

　それでもクリアできないお子さんもいるかと思います。その場合は
「できたところまでを褒める」ことが大切です。
「あごを10秒水につけよう」という目標のとき、5秒しかつけられ
なかったら、あなたはお子さんになんと声をかけるでしょうか。「10
秒だよ！　5秒しかつけられてないよ！」と言ってはいませんか？

　このときかけてあげるべき声かけは「5秒つけられたね！」という
ような、できた部分を確実に認めてあげる声かけです。これが3秒で
も0.1秒でも同じです。まわりから見れば小さな小さな成功体験でも、
苦手を乗り越えるための下地をつくるためには必ず役に立ちます。

　これを繰り返すことで、少しずつ本人の中で自信が形成されていき、
次の目標をクリアしようというやる気が出てくるのです。決して「で
きてないからもう1回！」などと言ってはいけません。まず、そのジ
ャンルを好きになることが大切なのです。嫌いになるような声かけを
しては、元も子もありません。

　あとで詳しく述べますが、最終目標をクリアしていないからといっ
て、延々と繰り返すのもよくありません。人間の心と体の仕組みの関

係で、集中力はそれほど長くは続きません。たとえ目標をひとつもク
リアしていなくても、無理して続けようとはせずに、細かく休憩を入
れながら指導することもやる気の持続のためには必要なことです。

　また、先ほども述べたように、発達障害の特徴として身体感覚が鈍
いということも考えなければいけません。
　身体感覚とは、たとえば筋肉や関節の動きを感知する感覚や、バラ
ンス感覚、触覚など肌で本能的に感じ取る感覚のことを指します。ふ
だんお子さんの様子を見ていて、片足で立つことが苦手だったり、痛
みを感じにくいなと思ったりしたことはありませんか？
　これらの本能的な身体感覚が鈍いのですから、教える側の常識でそ
のまま伝えても理解できないのは仕方ありませんし、これは本人のや
る気の問題などではありません。教える側は、その特徴に合わせて理
解できる方法を探し、少しでも多くお子さんの「できた！」を引き出
してあげることに努めましょう。

> **まとめ**
>
> **目標設定は細かければ細かいほどいい。**
> **その細かい目標をクリアするたびに褒めて、**
> **「やる気」と「できた！」を引き出してあげる。**

３つの神経伝達物質を使いこなす

　ここまでお伝えしてきたことを、今度はもう少し専門的な観点からお話ししようと思います。

　発達障害のお子さんに多いもうひとつの特徴に「神経伝達物質」のほどよい分泌ができないという点があります。

　神経伝達物質とは「興奮」「冷静」「集中」といった行動を担う脳内ホルモンの一種で、ほどよく分泌できていないと行動が適切に取れなくなることがあります。静かに集中すべきところでふざけてしまう、いつまでもゲームで遊んでいて宿題をしないなど、親としては「もう見ていられない！」と、ついつい声が大きくなってしまう場面もあると思います。そのようなとき、お子さんの脳内では偏った分泌が起きている可能性があるのです。

　ここでひとつ、シミュレーションをしてみましょう。

　たとえばあなたが、初めて憧れの歌手のライブに行くことになったとします。

　憧れだった歌手に会える！　期待の中で初めて着いたコンサート会場。踊る胸をおさえて開始を待っていましたが、歌手ご本人の登場で思わず「わー!!」と気持ちは最高潮に。すると、突然会場のスタッフから「いまははしゃぐ時間ではありません」と静止されたとします。「でも……目の前に憧れの歌手が現れたのに！　ライブで本人が登場したらはしゃぐじゃない!!　騒がないなんて無理!!!」と、不満に思うことでしょう。

このとき、あなたの脳内で分泌されている神経伝達物質は「ドーパミン」です。

ドーパミンは快感や多幸感をもたらすホルモンで、興奮や意欲、運動調節機能にもつながっています。このドーパミンがたくさん分泌されている状態では、急に静止を促されても誰だってすぐにはなかなか興奮を止めることができません。

こんなことが、発達障害のお子さんの頭の中では日常的に起こっているのです。

体育の授業が大好きなお子さんが「やったー！　体育だー！」とグラウンドに駆け出してきた直後に「静かに！　整列して！」と先生から急に静かにさせられる場面を想像してみてください。喜んで興奮している気持ちを急に静めさせることは、なかなか難しいということがなんとなくご理解いただけるのではないでしょうか。

この例とは逆に、活動的になるべき場面でおとなしくなってしまうお子さんの頭の中でも、こういった原因に基づいた理由があると考えていいと思います。発達障害のお子さんが取る、ルールのある社会の中では非常識に見えてしまう行動にも、その裏にはお子さんなりの理由が必ずあるものなのです。

それでも、どうしても静かにしなければならない場面ってありますよね。社会生活を営むうえでは、本人の意思を尊重したくても周囲に合わせなければならない場面に遭遇することはよくあるものです。

では、どのようにして、脳の興奮状態をおさえてあげればいいのでしょうか。

その答えはズバリ、神経伝達物質を使いこなすこと！

第1章　発達障害の子は、なぜ運動が苦手になってしまうのか

神経伝達物質とはホルモンの一種で、ニューロン（神経細胞）がシナプス（接続部）を介して、脳にあらゆる情報を伝達するための物質です。

神経伝達物質には３つの種類があり、その種類ごとに「興奮」「抑制」「集中」などの役割が決まっています。定型発達の人は、本能的にこの３つの神経伝達物質をほどよく分泌させることで、バランスの取れた生活を送ることができています。

対して発達障害のお子さんは、この分泌のコントロールが難しいため「わーっ！」と興奮したり、ずっと集中したりと、極端にも見えるような行動を起こしてしまうのです。

この３つの神経伝達物質がほどよく分泌されることで「興奮」「抑制」「集中」の波を安定させて平均値を取りやすくなる、つまり感情をコントロールしやすくなっていきます。

それでは３つの役割を、ひとつずつ解説していきましょう。

❶「興奮」で運動のやる気を引き出す「ドーパミン」

「興奮」をつかさどっているのが「ドーパミン」です。

このドーパミンは、快感ややる気、運動調節機能などを担っている神経伝達物質です。食欲が満たされたり、愛されたり、欲求が満たされたりしたときにたくさん分泌されます。

では、ほどよくドーパミンを分泌するコツを紹介します。

ドーパミン5

❶ 運動をおこなう

❷ 変化をつける（授業でいえば席替えなど小さな変化）

❸ 高得点を与える（できたら「いまのいいね！　100点！」などの

声かけ）

④ 見通しを示す（時間や回数を決めたらそこで必ず終わる）

⑤ 目的を伝える（この練習が何につながるのか）

　この５つを取り入れると、ドーパミンを呼び起こすことができます。

　これを運動の場面で応用するためには「動いてほしいときに褒める」のがいいと思います。「全力で動いてほしい！　ここからはやる気を出してほしい！」と思ったら、褒めてドーパミンをドバドバ出してあげるといいのです。

　ドーパミンで得られる快感は、一度味わうとその快感を忘れられず、また同じ行動を取りたくなる性質があります。スポーツ選手であれば、優勝の経験などがわかりやすい例で「またあの快感を得たい！」という気持ちがやる気を生み出し、より強い選手になっていくという事例は数多く耳にします。

　ただし、むやみやたらに褒めちぎるだけでは「バカにされているのか？」という誤解を生みかねません。そのため、適切なタイミングで褒めてあげることも重要です。

　また、小さな変化をつけて飽きないように工夫する、そして「あと１回ね！」と決めたらちゃんとその約束を守るというのも大切なことです。大人の都合で「やっぱりあともう１回！」と増やしたりせず、お子さんが最初に予測を立てたとおりに事が進んでいくことで、お子さんには満足感が生まれ、信頼関係も構築されていきます。

❷「抑制」で落ち着かせる「セロトニン」

　興奮をつかさどるドーパミンの反対で、気持ちを「抑制」して落ち着けるには「セロトニン」という神経伝達物質の分泌が必要になりま

す。セロトニンには、平常心や安心感、幸福感をもたらし、衝動性や攻撃性、うつ症状などを軽減する働きがあります。

ドーパミンで興奮状態になった脳を、次の段階で抑制して安定させるには、このセロトニンが欠かせません。

ほどよくセロトニンを分泌するコツは、次のとおりです。

セロトニン5

❶ 見つめる（見られないだけで不安になる）

❷ 微笑む（怖い顔は恐怖を予測させる）

❸ 話しかける（名前を呼んでしっかりと）

❹ 褒める（すかさず。うなずくのもそう）

❺ 触る（ハイタッチなど）

見つめたり話しかけたりすることは、その人を認める行為です。

人間は認められることで自己肯定感を得て、不安を軽減させることができます。発達障害のお子さんに限ったことではありませんが、多くの人は不安を感じると落ち着かなくなり、ソワソワしたりその場にいられなくなったりします。

そんなときセロトニン5を意識して、その人を十分に認めてあげることで、落ち着いた行動が取れるようになってくると思います。

またセロトニンは、朝日を浴びたり、ウォーキングやストレッチなど一定のリズムで運動したりすることで分泌されます。つまり反復的な行動も担っていて、ASDのお子さんが繰り返し同じ行動をしてしまうのは、このセロトニンを分泌させて自分を落ち着かせようとするためです。

不安が強くなったときに皮膚をかきむしったり、頭を壁に打ちつけ

たりといった自傷行為をおこなうお子さんもいます。大人としてはつい止めたくなってしまいますが、本人にとっては心を落ち着けるために必要な行為です。もちろん程度にもよりますが、これを止めてしまうとかえって悪化するケースもありますので、できるかぎり見守ってあげるのがいいでしょう。

❸「集中」で注意力を高める「ノルアドレナリン」

「集中」をつかさどる「ノルアドレナリン」は、緊張を高めて意欲や注意力を向上させる働きがあります。とくに短時間だけ用いることで効果が発揮されます。

　ノルアドレナリンを分泌するために必要なことを、次に示します。

> **ノルアドレナリン5**
> ❶ 時間を制限する（現実的な数字で）
> ❷ 指示をする（「〇〇くん、お手本を見せてください」など具体的に）
> ❸ 指名する（❷と同じ）
> ❹ 待たせる（一瞬おさえる）
> ❺ そばに行く（テストなどで先生がそばを通る）

「〇〇くん、いまから5秒間、誰よりも早く足踏み運動をして！」などと指示を出すと、ふだんはなかなかこちらの指示を聞いてくれないお子さんも、足踏み運動に集中してくれることがあります。そもそも集中とは、それほど長時間続くものではありません。大人だって、いつまでもずっと一点だけを見つめていることは苦痛ですよね。

　このノルアドレナリンを使って短時間だけ集中させることで、バラバラに動いていた子どもたちの注意をこちらに向けることができて、

指示が通りやすくなります。

❹ ドーパミン → セロトニン → ノルアドレナリンの順番で

このように、3つの神経伝達物質をほどよく分泌させる働きかけを、我々まわりの大人が意識しながら接してあげることで、発達障害のお子さんの行動にはずいぶんと差が出てくるようになります。

私が運営する『スポーツひろば』では、最初に「抑制行動」となる準備体操はしません。

運動することを楽しみにやってきたお子さんを、急に静かにさせることは難しいと先ほどお話ししましたが、準備体操をしないのはそのためです。

3つの神経伝達物質をコントロールするためには守るべき順番があり、興奮課題（ドーパミン）→ 抑制課題（セロトニン）→ 集中課題（ノルアドレナリン）といった順に繰り返していくことが重要です。

もちろん、ケガを防ぐために体を柔らかくすることには意味があります。しかし、せっかく「よし！　運動するぞ！」とやる気（ドーパミン分泌）をたずさえてお子さんが来てくれているのに、わざわざそれを準備体操という静的運動で抑制（セロトニン分泌）させてしまっては、コントロールに必要な順序にかなっていないので指示が通りません。

まずは、体を動かすことを楽しみにやってきたお子さんを否定せずに受け入れて、最初に思う存分興奮させてあげる。そして、お子さんが少し疲れてきた頃に集合させて、守ってほしいルールを説明する。そのあと短時間の課題を与えて、目標達成のために集中して行動できるように促す。

この繰り返しこそが、秩序的な行動につながっていくのです。

　家での勉強に応用するなら、まず軽い運動などをして一緒に遊んで、それから勉強を促してあげると、すんなり机に向かう体勢が取れるかもしれません。また、飽きないように時間を決める、たまに覗きに行くといった緊張感を与えるなどの工夫で、最後まで集中できるようになることもあるでしょう。

　このように、そのお子さんの行動と神経伝達物質の分泌の関係性への理解を深めていくことで、何をどう対処したらこちらが望む行動につながるのかがわかるようになっていきます。

　うまく指示が通るようになれば、ご家庭で興奮状態になってしまったお子さんに対処するときも、集中力をつけてほしいときも、うまく導いてあげることができます。

　神経伝達物質のコントロールのコツをつかみ、お子さんが運動を苦痛に思わなくなれば、たくさん体を動かして次第に苦手だった運動もできるようになっていきます。

　そうすれば、親御さんのご苦労もきっと軽くなり、お子さんと運動を楽しむ余裕さえ出てくると私は信じています。

> **まとめ**
>
> ドーパミン → セロトニン → ノルアドレナリンの順番で
> ３つの神経伝達物質をほどよく分泌させることで、
> 目標達成のために集中して行動できるようになる。

第**2**章

運動することで、
発達障害の生きづらさを
解消する

ここまで、発達障害のお子さんの特性に触れながら、運動が苦手になるメカニズムの部分をお伝えしてきました。

　この第2章では、運動が発達障害にどのような影響を及ぼすのかを学びながら、運動の苦手な発達障害のお子さんに「運動は楽しい！」と思ってもらうようになるために必要な働きかけを、お話ししていければと思っています。

　私はこれまでに、のべ5000人以上の発達障害のお子さんと触れ合ってきました。その経験からいえるのは、運動やスポーツをすることで発達障害の症状は改善され、日常や学校生活における行動にもよい変化が生まれるということです。

　もちろん個人差はあります。でも、辛抱強く見守ってあげることで、必ずお子さんの症状や行動は改善されていきます。

　親御さんをはじめとするまわりの大人が、正しい知識と働きかけ（導き方）を身につければ、発達障害のお子さんも社会に適応できる力を身につけることができるのです。

　この章で発達障害の仕組みについて理解を深め、お子さんが力強く生きる力を育んでいきましょう。

運動することで発達障害の生きづらさを解消できるのはなぜか？

そもそものお話をします。

「運動することで発達障害の生きづらさを解消することができるのか？」

わかりやすいように、図を用意したのでご覧ください。

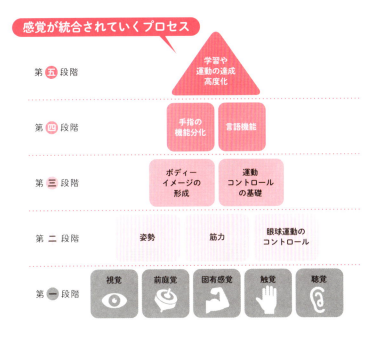

この図は、人間がさまざまな機能を獲得していくプロセスをわかりやすく表したものです。

　成長発達の過程で、人は図の一番下の部分にある原始的な能力から、一番上の高度な能力までを順番に獲得していきます。

　大切なのは、この「順番に獲得していく」という部分です。

　つまり、下の部分を飛び越えて上の部分を発達させようとしてもできない、ということを教える側が理解することが重要だといえます。

　順を追って見ていきましょう。

　図の一番下にある第一段階で獲得するのは、人には原始的に備わっている基礎的な感覚で、生活の中でさまざまな感覚器官を通じて絶えず体に入ってきています。

　発達障害のお子さんは、この感覚が過敏あるいは鈍くなっている場合が多いのですが、それはこの基礎感覚をうまく整理することができていない状態だからです。これを感覚統合障害といいます。

　肌や耳、目を通じて絶え間なく入ってくるあらゆる感覚を正しく分類・整理し、取り入れる（統合する）ことができないうちは、第二段階である「筋力」や「姿勢の維持」「眼球運動」などの発達はまちまちになり、うまくコントロールすることができません。

　よくあるお悩みで「食事をしている最中に、姿勢がダランとしちゃって……」というものがありますが、それはこの図の第一段階が十分に発達できていないため「姿勢の維持」という第二段階の機能がうまく働いていないのです。

　同じように、第二段階から第三段階、第三段階から第四段階と順番に上がっていくためには、前段階までの機能が発達していなければいけません。

第2章　運動することで、発達障害の生きづらさを解消する

　勉強ができるようになるのは、図の一番上にある第五段階ですから、その前段階である第四段階までの発達が不十分であれば、勉強だけを伸ばそうと思っても不可能です。

　そして、第一段階から第四段階までは、運動やスポーツをすることによって改善が見込める感覚機能となります。

　つまり「運動することで発達障害の生きづらさを解消できる！」ということなのです。

　親御さんが抱いている、お子さんへのあらゆる悩み。

「姿勢が保てない」「字を書くのが下手」「運動ができない」「勉強ができない」……。

　これらはすべて、運動で改善することが可能であると、ご理解いただけたでしょうか。

　このあとお話ししていくポイントを理解しながら、運動やスポーツを生活の中に取り入れて、発達障害の生きづらさを楽しく解消していきましょう！

まとめ

成長発達に必要な能力は順番を追って獲得することが大切。
運動やスポーツを生活の中に取り入れることが、
発達障害の生きづらさ解消につながっていく。

ワーキングメモリの重要性

　次に、発達障害のお子さんには「ワーキングメモリ不足」が多いというお話をしていきたいと思います。

　ワーキングメモリとは、一時的に情報を記憶して処理する脳の機能のことです。脳の中にあるメモ帳のようなものだと思ってください。作業記憶、作動記憶とも呼ばれています。

　私たち人間は、作業や動作をするとき一時的に記憶して、対応を整理して、不要な情報は削除することで次の行動に移ったり、会話の返事をしたりすることができます。

　ワーキングメモリを使う場面はじつにさまざまで、身支度や計算、読み書きなど日常のあらゆる場面でこのワーキングメモリを使用することで、スムーズに動作ができています。

　たとえば計算をするとき、私たちは数字を一時的に覚えて、処理すべき数式を当てはめて、答えを出すという一連の流れをこなしていきますが、これは無意識のうちにワーキングメモリを使っておこなっているのです。

　このワーキングメモリが不足していると、覚えておかないといけないことを覚えていられない、相手の話の意図が理解できない、などのエラーが起こってしまいます。たとえば、メモ帳がすぐにいっぱいになってしまうと、新たにメモすべき情報があっても、それ以上は文字を書けません。すでにメモされた情報をどんどん捨てることでしか、新たな情報を処理できない状態なのです。

買い物をしに行ったのに、いざお店に着いたら何を買うか忘れてしまった、なんていう経験はありませんか？　もしかしたらそのときのあなたも、多くの情報で頭がいっぱいだった＝ワーキングメモリが不足していた状態だったのかもしれません。

このように、日常生活に必要なだけのワーキングメモリが十分に確保されていないことで、通常は処理できるはずの情報も処理できないケースがあるということです。

冒頭で触れたように、発達障害のお子さんは、このワーキングメモリが人より不足しているといわれています。

「たったいま伝えた指示を覚えていない」

「注意をしたらフリーズしてしまった」

発達障害のお子さんと日常的に接している方であれば、きっとこのようなご経験があるのではないでしょうか。

これこそが、ワーキングメモリが不足している発達障害のお子さんに起きやすいエラーなのです。

この「ワーキングメモリが不足しているからエラーが起きやすい」という特性を、周囲がきちんと理解していないと、教えたはずのことを忘れてしまったお子さんを怒ってしまったり、お子さんの情報処理が追いつかずにパニックを引き起こしたりしてしまいます。

こうしたエラーを起こさないためには、指導する側があらかじめワーキングメモリのことを正しく理解してから、運動やトレーニングをしてあげることが大切です。お子さんが何に対して癇癪を起こしてしまうのか、どういったことに不安を持つのかをあらかじめ知っておけば、導く側つまり親御さんも、気持ちに余裕を持って対処することができるようになるはずです。

> **まとめ**
>
> ワーキングメモリ不足からエラーが起こる。
> 脳の機能を正しく理解して、
> 余裕を持って対処する。

(ワーキングメモリをより深く理解しよう)

　ここで、ワーキングメモリをより深く理解するため、関係する4つの脳機能を紹介します。

❶ 視空間的短期記憶

　視空間的短期記憶とは、絵や位置情報などの視覚的情報を一時的に記憶するための能力のことです。これを処理する能力まで加えて、視空間性ワーキングメモリと呼ぶこともあります。

❷ 言語的短期記憶

　言語的短期記憶とは、耳で聞いた音声を一時的に記憶する能力のことです。これを処理する能力まで加えて、言語性ワーキングメモリと呼ぶこともあります。

❸ エピソード記憶

　エピソード記憶とは、過去の体験を記憶する能力、またそれを思い出す能力のことです。感情や文脈などとともに体験が記憶されるため、

頭の中の日記のようなものだといわれています。❶❷のワーキングメモリとは違って、長期にわたって記憶される能力です。

ASDのお子さんはこの能力が強く働くといわれていて、これが運動などの「失敗」体験を強く記憶してしまうことにつながっています。エピソード記憶は体験そのものだけではなく、そのとき自身におこった心理的・身体的状況も含めて記憶に残るため、失敗したときの恥ずかしさや痛みなども強く心に刻まれてしまいます。

読者のみなさんの中にも、過去の恥ずかしい体験が強い記憶として残っている方がいるかもしれませんが、ASDのお子さんはとくにこれが強く働くため、拒否行動につながりやすくなります。

❹ 中央実行系

中央実行系とは、すべてのワーキングメモリの統括機関です。❶❷❸の記憶を実行させるための役割を担っています。

ADHDのお子さんは、この機能がうまく働かないといわれています。ボーッとして話を聞いていないなどの症状が出るのも、この実行機能がうまく働いていないことの表れです。このような状態のときに、お子さんの頭の中では中央実行系がエピソード記憶を実行して、過去の記憶をフル活動させてしまっているのです。

このように、私たちは記憶に関する4つの脳機能を上手に使って、日常の動作をバランスよくおこなっています。

しかし、発達障害のお子さんはその機能が弱いため、バランスよく使いこなすことが得意ではありません。そして、❸のエピソード記憶で解説したように過去の失敗体験が深く記憶に刻まれていて、さらに❹の実行系でその失敗体験をより強く思い出してしまいがちなのです。

こういった脳機能をうまく使いこなせないと、いつまでも過去の失敗を引きずり「運動が苦手」という意識を克服できないまま過ごすことになります。

> **まとめ**
>
> ワーキングメモリを上手に使うことで日常行動ができる。
> 発達障害のお子さんはその機能が弱いために、
> 失敗体験が強く記憶に刻まれてしまう。

2つのワーキングメモリを鍛えよう

ワーキングメモリと関連機能の役割を覚えたところで、2つのワーキングメモリの訓練方法を学んでいきましょう。

❶ 視空間性ワーキングメモリ

ASD傾向のお子さんはこの能力が高いといわれていて、視覚的な情報が入りやすいことがわかっています。絵画やジグソーパズルが人より得意な子が多いのは、この機能が強く働いているためと考えられ

ます。

　反対に、ADHD傾向のお子さんはこの能力が低いため、注意欠如や忘れ物が多いなどの症状が強まるといわれています。

視空間性ワーキングメモリの鍛え方

１.神経衰弱、カルタなど絵や数字を見て覚える遊び
２.絵描き歌、手遊び歌など、運動と思考を同時におこなう遊び（デュアルタスク）
　など

　視空間性ワーキングメモリは「見て記憶する」能力なので、視覚的に情報を読み取って応用していく遊びを繰り返すことが訓練になります。写生なども目で見た記憶を絵にするため効果があると思いますが、このときに絵の完成度で評価することは控えてください。本人の感性のまま絵にすることが大切です。

❷ 言語性ワーキングメモリ

　ASD傾向のお子さんはこの能力が低いとされていて、集団行動ができない原因のひとつといわれています。

　学校で先生の指示をすぐに忘れてしまう、相手との会話が成り立たないなどの症状が気になる場合は、この機能が低いことが関係しています。ADHD傾向のお子さんも、この能力が低いことが多いようです。

言語性ワーキングメモリの鍛え方

１.絵本を読み聞かせて、内容に関して質問する
２.しりとり

３. 伝えた数字を逆から答えるゲーム（逆さ言葉トレーニング）
など

　言語性ワーキングメモリは「聞いて記憶する」能力なので、聴覚的に情報を入れて応用していく遊びを繰り返すことが訓練になります。

　少し年齢の高いお子さんであれば、歌を覚えて原曲のとおりに歌うといった点で、カラオケなども効果があると思います。音に敏感なお子さんも多いので、本人の希望を尊重して無理強いはしないことも大切です。

　このように、遊びを通して得られる能力でもあるため、**積極的にお子さんとの遊びを取り入れて、親子ともに楽しみながらワーキングメモリを鍛えていく**のがいいと思います。

　運動や勉強においても、２つのワーキングメモリはともに大切な能力なので、ぜひひと通り試してみてくださいね。

> **まとめ**
>
> ２つのワーキングメモリを理解し、
> 親子ともに楽しみながら、
> ワーキングメモリを鍛えよう。

エピソード記憶を上書きして
苦手を克服しよう

　ワーキングメモリを鍛えることと同じくらい、もしくはそれ以上に必要なのは、エピソード記憶に保存された失敗体験を、成功体験で上書きすることです。

　先ほど述べたように、発達障害のお子さんはどうしても過去の失敗体験をより強く記憶してしまうので、苦手な運動を克服しようとしても、いざやろうとするとその苦い体験を思い出して体が動かなくなります。これを「拒否行動」といいます。

　たとえば、跳び箱が跳べないお子さん、リュウくんがいたとします。

　リュウくんは、クラスの中でたったひとりだけ3段の跳び箱が跳べず、体育の授業中にクラスメイトの注目を浴びてしまった体験から、すっかり跳び箱が嫌いになってしまいました。

　そこで体育を教えていた先生は、次の授業のときリュウくんにこんな指示をします。

「跳び箱に手を置いて、その場でジャンプしてみて」

　リュウくんは、跳び箱に手を置いて、その場でジャンプしてみせました。

　先生は指示どおりにできたことを褒めてから、次に「跳び箱に手を置いて、足を大きく広げてその場でジャンプしてみて」とひとつだけ指示を加えました。

　リュウくんは、跳び箱に手を置いて、足を大きく広げてその場でジャンプしました。

また先生はそれを褒めると、さらにひとつ指示を加えてやらせてみせ、指示どおりにできたら褒めるということを繰り返しました。

リュウくんは、いつの間にか跳び箱を跳ぶことが嫌いではなくなり、上手に跳べるようになりました。

この一連の流れが「エピソード記憶の上書き」です。

過去の失敗体験によって「跳び箱が嫌い」というエピソード記憶ができてしまったリュウくんですが、小さな成功と褒められる体験を繰り返していくうちに、跳び箱の嫌な記憶よりも楽しい記憶が増えて、ついには跳び箱が跳べるようになったのです。オセロの石をひっくり返すように、ひとつひとつ地道な成功体験を積み重ねることで、いつの間にか黒一色だった記憶が白く塗り直されていくイメージです。

ここで間違えてはいけないことがあります。成功体験の積み重ねの途中で、決して「いつまで時間がかかってんの！」と一度でも怒ってはいけません。怒られた時点で失敗体験となり、またスタート地点に戻ってしまうからです。時間はたくさんかかりますが、それは脳の機能によるものなので、本人がどうにかできる問題ではありません。怒ったところでマイナスにしかならないのです。

こうして楽しい記憶を増やすことが次のチャレンジを生みますから、リュウくんは3段の跳び箱も跳べるようになったのです。

このように、失敗体験が原因となって運動を苦手だと思っているお子さんには、第1章でお伝えした「細かな目標設定をクリアするたびに褒める」ことを繰り返して、とにかく根気強く小さな成功体験を積み重ねていくことが大切だといえます。

第2章　運動することで、発達障害の生きづらさを解消する

> **まとめ**
>
> 失敗体験を成功体験で上書きすることで、
> 楽しい記憶が増えていき、
> できなかったことができるようになる。

成功予測を立てられるようにして やる気を引き出そう

　ワーキングメモリが鍛えられると、同時に複数の情報を処理できる能力が向上します。

　同時に情報処理する能力が向上すると、記憶（作業手順や指示）、想像（イメージや成功へのプロセス）、計画（予測）、抑制（我慢）がバランスよくできるようになり、これによって新たな動作を習得することも容易になっていきます。

　ワーキングメモリを鍛えるには、キャッチボールをしながらしりとりをするといったような「運動と知的作業を同時におこなうトレーニング」などが有効です。

　このトレーニングは楽しくおこなうことが大切で、嫌々やってもトレーニングにはなりません。お子さんと一緒におこなう際には、好きなアニメをテーマにしたしりとりにするなど、お子さんが楽しめるような工夫をしてあげるといいでしょう。

　また、ワーキングメモリを向上させるためにも成功体験が必要です。

　関連している情報を長期記憶から取り出して、予測を立てられるよ

うにする機能を「エピソードバッファ」といいますが、ワーキングメモリによってこのエピソードバッファがおこなわれるとき、成功する予測が立てられなければ行動することを恐れてしまいます。

成功する予測が立てられようにするためには、一度成功を体験して記憶する必要があるのです。

「先行きが見えないからやらない」という気持ちが強いのが、発達障害のお子さんです。逆に、**先行きが見える状態＝成功予測がつく状態にしてあげることさえできれば、やる気が出てくる**ともいえます。

大人に置き換えると、仕事の工程表のようなものです。細かい工程表もなく大きな仕事を任されても、期限内に本当に成し遂げられるのか不安になりますし、精神的にも追い詰められますよね。それと同じことが、発達障害のお子さんの頭の中で日常的に起きていると考えてください。

発達障害のお子さんに何かの運動を教えようと思ったときは、仕事の工程表をつくるかのように細かく動作を分解して伝え、お子さんがひとつひとつ順を追って習得できるようにしてみましょう。そして、ひとつひとつ習得するごとに褒めてあげましょう。

そうすることで、お子さんはゴールまでの道のりがわかり、成功する予測がつけられるようになります。

まとめ

成功する予測が立てられなければ、
行動することを恐れてしまう。
成功予測がつけばやる気も生まれる。

成功体験を積み重ねて 「できる！」を増やそう

　では、具体的に、私がおこなっている成功体験の積み重ね方を紹介します。

　私が運営する『スポーツひろば』では、はじめの30分はやることをいつも変えずに、毎回同じ内容の運動をします。これは、何度も同じ運動を繰り返すことで、すべてのお子さんに成功体験を積ませていくシステムづくりを意識しているためです。

　多くのスポーツ指導現場において、インストラクターはひとつの種目がとりあえずでもできたら、すぐに次の種目に移っていきます。しかし、次の種目が苦手なものだと、また失敗体験を積むことになり、成功体験を積み重ねにくいという現象が起きてしまいます。

　そのため『スポーツひろば』では、決まった練習を積み重ねることで「できる！」をたくさん経験してもらい、ワーキングメモリの改善に役立てています。最初はできなかったお子さんでも、毎回参加するごとに経験数がおのずと増えていくので、少しずつできるようになっていきます。また、本人が成功の予測を立てやすくなることで、エラー（フリーズやパニック）も少なくなります。

　その内容も、とても簡単な練習です。
「あの壁にタッチして戻ってきてね！」などでかまいません。

　壁にタッチして指導者のもとに戻ってくるという単純に思える行動の中にも、お子さんによってはさまざまな反応やエラーが見られることがあります。壁にタッチしないで戻ってくるとか、壁にはタッチし

たけどどこかに行ってしまうとか、そもそもやらずに座り込んでしまうとか、じつに多くのいろんなお子さんがいます。

　それでも、できた部分を褒めながら何度も繰り返していくうちに、すべてのお子さんが「壁にタッチして戻ってくる」という設定目標をクリアできるようになります。そしてクリアすると、今度は自分で目標レベルを上げて、壁にタッチして「一番早く戻ってくる」というように、楽しみながら運動機能を向上させる工夫を見せるようにもなります。

　こうして、一見すると「毎回同じことをしていて意味があるんだろうか」と思われるようなレッスンが、じつはお子さんに成功体験を積ませて、その後の指導に移ったときのやる気につながるような仕組みになっています。この「繰り返し練習」が、お子さんにとってワーキングメモリを向上させるための工程表なのです。

　ワーキングメモリに配慮して指導していかなければ、指導中に次のようなエラーが起こってしまいます。

❶ フリーズ（思考停止）
❷ パニック
❸ イライラ
❹ モチベーションの低下

　お子さんが一度エラーを起こしてしまうと、回復させるには時間がかかるため、最初からエラーを起こさないようにしてあげることがとても大切です。

　もちろん、危険な行動や他人に害を及ぼすような行為をしてしまう

第2章　運動することで、発達障害の生きづらさを解消する

場合は、しっかり叱ってください。でもそれ以外のことに関しては、お子さんのワーキングメモリに合わせて、怒らずに根気強く寄り添ってみましょう。そうすれば、お子さんの運動機能の向上は必ず実現します。

まとめ
繰り返しの指導が成功を生む。
エラーを起こさない環境づくりで、
着実に成功体験を積み重ねる。

自己肯定感を高めるために叱らない指導を

　こうして成功体験を積み重ねていくことには、もうひとつの意味があります。

　それは、自己肯定感の向上に効果があるという点です。

　発達障害のお子さんの多くは、日常生活を送っている中でたくさん叱られたり怒られたり、ときには無視されたりするようなことも経験しています。本人はわざと怒られるような行動をしているわけではないので、怒られるたびに自信をなくし「どうせ自分は……」と自己否定へと思考が傾いていきがちです。

　脳の機能の問題でそのようになっている、とは大人もわからないまま接してしまうので、一度でその状況が変わることは難しく、何度も怒ったり本人の意思を無視したりしてしまうことがとても多いように思います。

こうして自己肯定感が失われると、成果発表の場で動けなくなったり、ふだんから自分らしい動きができなくなったりするために、人と接すること自体が苦痛になり、引きこもりがちになるといった二次的な障害に結びついてしまうこともあります。

自己肯定感を再び向上させることは、運動を習得するうえでもとても大切です。

まわりからの評価を恐れることなく、ダンスで自己表現できるようになる、あるいは新たなジャンルのスポーツにも前向きに挑戦する、など運動することに興味がわいて楽しむことにつながっていくからです。

さらに運動の経験数が増えることで、技術習得の可能性が格段に上がります。つまり、自己肯定感の高いほうが、スポーツが上達するのも早いということです。

最初に触れたとおり、発達障害のお子さんの症状や行動をよくしたいあまり、まわりにいる大人はつい叱ってしまいがちです。でも、叱ることが当たり前になっていくと、たまに指示どおりにできたとしても「ようやくできたか」と思ってしまうので、褒めないことも多いのではないでしょうか。

覚えていてほしいのは「叱っても修正はできない」という事実です。たとえ、これまでに「叱ったら改善した」という成功例を親御さんが経験していたとしても、そこに頼らないほうがいいと思います。お子さんにとって、それは成功経験として蓄積されません。叱られることを回避したために一見成功に見えたのであって、実際は自己肯定感を奪っていることのほうが多いのです。

成功体験の積み重ねによって自己肯定感を高め、叱らない指導を心がけていきましょう。

> **まとめ** 叱って得られる成功は見せかけの成功。
> 自己肯定感の大切さに気づき、
> 叱らない指導を心がける。

成功体験を得ることで集中力が上がる

　自己肯定感が上がることで、もうひとつ得られるものがあります。それは集中力です。

　授業中に先生の話を黙って聞けないお子さんがたまにいますが、そこで叱らずにひたすら時を待つと、どこかのタイミングでスイッチが入り、集中して先生の話に耳を傾けるようになります。

　そのタイミングがいつなのか、スイッチが何なのかは私にもよくわかりません。何年もできないお子さんもいますが、本人の存在を否定せずにいまできていることだけを評価し続けた先に、集中できる未来がやってくるように思います。

　ここで叱ってはいけないのは、先ほども述べた自己肯定感が失われるという理由以外に、お子さんが人を見て行動を取るようになってしまうからです。

　先生は年度ごとに変わりますし、いろいろな性格の方がいらっしゃいます。お子さんは大人のことをよく見ていますから、この先生は怒らないからふざけようとか、この先生は怒らせるとおもしろいといったような、集中とは正反対の方向に思考が及ぶようになってしまいま

す。授業に集中させたいという先生側の意思とは裏腹に、どんどん気が散ってしまうことになるのです。

　集中力アップのためにも、やはり必要なのは成功体験です。
　発達障害、とくにADHD特性の強いお子さんは、集中しなければならない場面で動いてしまい、叱られる経験ばかりをたくさん積んでしまっている傾向にあります。
　たとえば、先生の話を集中して聞かなければいけない場面で、ADHDのお子さんはワーキングメモリの実行能力が弱いためについ動き回ったり、つい関係のない話をしゃべってしまったりします。このとき多くの先生は「話を聞きなさい」と叱りますから、これが失敗体験として本人のエピソード記憶に残ってしまいます。
　すると、次回また同じように話を聞かなければならない場面を迎えたとき、何が正しい行動なのかの記憶がない＝成功体験がないために、またADHD特性に沿った行動（動き回る、関係ない話をする）を繰り返してしまうことになります。
　叱って一時的によくなることはあるかもしれません。しかし、叱られて直った行動というものは長く記憶していることができず、叱られたことばかりが記憶されてしまうので、いずれは「この先生は怖い人」というエピソード記憶だけが残ることになります。すると「その先生のときだけじっとしていよう」といった具合に、人を見て行動を取るようになってしまうのです。
　これが「叱られると人を見て行動を取るようになる」ロジックです。

　特定の誰かのときにだけ集中できたとしても、それは社会生活を送るためのステップアップとはいえません。「集中力を上げる」という

ゴールの中身は、相手が誰であっても集中すべきときには集中できるようになるということです。

　必要なのは叱ることではなく「話を聞けた（成功した）ときに褒める」という成功体験の繰り返しです。テクニックではなく、脳の特性を意識した鍛え方で目指すべきゴールに近づいていきましょう。

> **まとめ**　叱ってしまうと人を見て行動を取るようになる。
> 集中力を上げるためには「集中できたときに褒める」
> という成功体験を繰り返しさせてあげる。

成功体験と自己肯定感が症状改善への近道

　ここまで、成功体験の重要性について、みなさんにたくさんお話ししてきました。

　それだけ成功体験と自己肯定感が、運動だけではなく勉強や仕事、人間関係など生きていくうえで何においても礎になっていくのです。

　プロのスポーツ選手やトップアスリートなど、ひとつの領域で極限まで自身を高められる人というのは、数多くの成功体験を積んでいます。子どもの頃には運動会や地域の競技会などで優秀な成績を収め、専門的にスポーツを習うようになってからも、幾度となく試合で勝つことによって自己肯定感を向上させているので、よい成果が得られやすい状態になっているのです。

運動やスポーツは結果が出やすく、成功したときに感動が起こりやすいことも成功体験を積みやすい要因のひとつです。「できない」が「できた」ときにまわりからたくさん褒めてもらえたことをきっかけに、その種目を好きになったという人も少なくありません。

　とくに子どものうちは、親御さんが喜んでいる姿を目の当たりにすることが喜びであり、成功体験になります。

『スポーツひろば』に、1年もの間できなかった逆上がりが、教室に来て15分でできるようになったお子さんがいました。付き添いで来ていたお母さんは、涙を流して喜んでいらっしゃいました。お子さんご本人もそれを見てとてもうれしそうで、そのあとの運動も楽しそうにしていたのを覚えています。

　このように、大人からの関心や評価につながりやすい運動やスポーツは、成功体験を得られやすく、自己肯定感を上げるために適しているといえます。

　階段を一段ずつ上がるイメージで、確実にできることをひとつひとつ評価しながら積み重ねていく。この「スモールステップ」を気長に踏ませていくことで、着実にお子さんは最終目標に近づくための下地をつくっていけるのです。

「できる」「できない」のラインは人それぞれありますから、先週上がったはずの階段を今週は下りる……なんてこともあるかもしれません。いや、きっとあります。

　しかし何度も言いますが、それは脳機能の問題です。お子さんがどんなに努力しても、できないことはできません。一度できたことができなくなるのも、決してお子さんのせいではないのです。

　階段を下りてしまっても、また階段を上がれるように、ひたすら細

かく褒めていく。そこには、親御さんの根気も試されることでしょう。「早く『できた』が見たい！」という、ある意味で見返りを求めたくなる気持ちになるのもよくわかります。

　それでも、そうした遠回りにも思える地道な評価で得られる自己肯定感こそが、発達障害の症状を改善し、親子で余裕のある日常生活を送れるための近道になります。

　お子さん本人のタイミングでしか、ステップを踏むことはできません。見返りを求める発想や注意したい気持ちは、そっと心の箱にしまっておき「できたときに評価してあげる」を意識して、お子さんと根気強く向き合っていきましょう。

> **まとめ**
>
> **成功体験の積み重ねで得られる自己肯定感が、**
> **発達障害の症状改善へとつながる。**
> **根気強く見守ることが大切。**

成功体験を得やすい運動で 適応力を身につけよう

ここまで、次の５つの重要性についてご説明してきました。

❶ ワーキングメモリ
❷ エピソード記憶
❸ 成功予測
❹ 自己肯定感

❺ 成功体験

　これらのポイントを理解してお子さんと接することができるようになれば、お互いに苛立つことをおさえられ、お子さんが日常で必要とされる適応力を身につけていくことが可能になります。

　適応力とは、社会生活に応じて柔軟に対応できる力のことで、学校や会社などにおける集団生活に馴染んだり、新しい環境にストレスや不満を感じることなく、適切な行動や考え方に切り替えたりするための能力です。

　発達障害があると、この適応力をほどよく発揮することが難しくなります。社会にまったく適応できなかったり、反対に過剰に適応しようとしたりして、心身の健康を害することもあります。これが「生きづらさ」のひとつの正体です。成功体験を得やすい運動やスポーツは、この適応力を身につけるには最適だといえます。

　学校生活においても、授業中にフラフラ歩き回ってしまったり、感情がコントロールできなかったりと、さまざまなシチュエーションで発達障害のお子さんが戸惑っている場面が想像できるかと思います。

　これらは、お子さんの脳の機能上の問題で起きている「生きづらさ」です。

　しかし、本章でお話ししてきた「ワーキングメモリ」「エピソード記憶」「成功予測」「自己肯定感」「成功体験」を意識した運動を取り入れることで、こうした「生きづらさ」が解消される可能性があります。

　先ほど「運動は成功体験を得られやすく、自己肯定感を上げるために適している」とお話ししましたが、この「成功体験を得て自己肯定

感を上げる」プロセスを数多く経験させることこそ、大きなエラーの
ない生活を送る、つまり自分で生きる力をつけるために大いに役立つ
のです。

　子ども時代に自分で生きる力をつけておくことは、いずれ親の手を
離れるときのためにも絶対に必要なことです。

　人間も動物も、大人になって生き抜いていくために必要なことを、
子ども時代に学んでいます。何も身につけていないまま大人になれば、
とても苦労することは目に見えています。

　私が考える「生きる力」とは、何かに興味を持ったり、目標を達成
したりする力のことです。何の興味も抱かないまま仕事をすることは
難しいですし、日常生活においても友人などの味方をつくることが難
しくなるでしょう。

　興味を持って目標を達成するためには、やはり自己肯定感を育んで
あげることが大切で、それは義務教育で定められた勉強だけで生まれ
るものではありません。友人との関係や、家庭でのさまざまな経験を
通して少しずつ育まれていくものなのです。

まとめ
「成功体験を得て自己肯定感を上げる」
このプロセスを数多く経験させることこそ、
自分で生きる力を身につけるために大いに役立つ。

自己肯定感を満たした行動が
取れるようになるためには

　目先の学問より社会で生きていく力をつけていくために、いまはどの段階で何を教えてあげなければいけないかをよく理解する必要があります。そこで適切に接していかなければ、何より大切な「生きる力」を育ててあげることにはなりません。

　お子さんの興味や関心を、あとまわしにしていませんか？

　勉強だけに力を入れて、お子さんの豊かな表情を奪っていませんか？

　勉強することはとてもいいことです。でも、それだけになっていないかどうか、お子さんの意思を無視して親御さんの自己満足になっていないかどうか、いま一度思い返してみてほしいなと私は思います。

　『スポーツひろば』では長くても６年、多くは３～４年しかお子さんに関わることができません。そんな限られた時間の中でも、お子さんが学校や就職など社会で生きていくことがうまくできるように、先を見据えた教育をしていかなければいけません。私たちは、いつもそこを意識しながら指導にあたっています。

　自分ががんばったことでまわりがうれしい気持ちになる、という経験をたくさん積ませてあげることで、確実にお子さんはまわりが喜ぶことを実行できる人間に育っていきます。それはまわりに尽くすという意味ではなく「自分も興味を持てて、うれしくて、まわりも喜んでくれる」という自己肯定感を満たした行動が取れるようになる、ということです。

発達障害のお子さんが、これから社会を生き抜くうえで生きづらさを抱えないためにも、または現状で解決したい困難がある場合でも、まずは運動を取り入れて小さな小さな成功体験を積み重ねることから始めていくのがいいかと思います。

そしてできれば、幼い頃から体をたくさん動かしておくのが理想的です。早くからボディイメージをつけておくことで、そのあとに習得できるスポーツの数が格段に変わってきます。たくさん成功体験を積んで、自己肯定感も上げて、楽しく日常生活を送ることでお子さんの「生きる力」を十分に育んであげましょう。

お子さんの発達障害を改善していくためには、まずその行動への深い理解と、ゆっくりペースの成長をじっくりと見守る根気が必要です。

お子さんが「わたし（ボク）は大丈夫だ」と自信を持って社会生活を営む未来を、一緒につかんでいきましょう！

まとめ

幼い頃から体をたくさん動かしておくことで、
たくさん成功体験を積んで自己肯定感も上がり、
楽しく日常生活を送ることができるようになる。

発達障害に関する近年の研究について

　近年の研究で、おもしろいことがわかってきました。

　2022年に「第二の脳」ともいわれている「腸」の環境によって発達障害の要因が発生する、という研究報告[1]がされているのです。

　報告では、ASDを持つ早産児の腸内フローラ（腸内細菌叢）の特徴を研究したところ、定型発達児の腸内フローラと比べて大きく異なっているのを発見したとのことです。

　腸内フローラとは、ヒトの腸内で「善玉菌」「悪玉菌」「日和見菌」といった腸内細菌がバランスの取れた群衆として共存している細菌叢のことです。この腸内フローラのバランスが崩れると、下痢や便秘を引き起こしたり免疫機能が弱まったりします。

　この腸内フローラにおいて、ASDのお子さんの腸内細菌には定型発達児に比べて多様性があり、その中の特定の腸内細菌が腸管粘液を分解してしまうことで、腸内粘膜層を脆弱化していることがわかりました。その作用のせいで、血液中に腸内細菌が入り込み、ASD発症に寄与しているのではないかという仮説が立てられたのです。

　要するに、腸内フローラの環境が変われば、発症原因となる腸内細菌が血液中に流れ込むことを防げる可能性がある、とも読み取れます。

　これからさらに研究が進むことで、発達障害の要因が解明されたり、新たな治療法が開発されたりすることが期待されています。

　あくまでもまだ仮説の段階ですが、発達障害のお子さんとの生活の中に、食生活や睡眠、ストレス解消などによって腸内細菌を整えるこ

とも取り入れてみるといいかもしれませんね。

　またもうひとつ、これは少し前ですが、2009年にも脳科学の観点から発達障害に関する報告がありました。

　ADHD研究の第一人者で、ハーバード大学医学部臨床精神医学のジョン J. レイティ博士によると、有酸素運動をすることで「脳に栄養が生まれて脳細胞のネットワークが活発化する」「海馬という領域で新しい脳細胞が生まれる」「脳の信号の伝達がスムーズになる」という3つの事象が解明されたとのことです。[※2]

　つまり、第1章でも触れたドーパミンやセロトニン、ノルアドレナリンといった神経伝達物質の分泌が、有酸素運動をおこなうことで活性化し、イライラして集中できない、あるいは不安で落ち着かないといった症状が抑制されるというのです。

　また、レイティ博士は2021年に行われた雑誌のインタビューでも、次のように答えています。

　「運動自体が脳にさまざまなメリットをもたらすことは、アメリカでは一般常識となりつつあります。神経の活動を高める効果も期待できますし、脳細胞を増やす役割もあります。脳細胞が増えるということは過去20年の研究で発見されました」

　私の指導においても「神経伝達物質をバランスよく出す」ことを大切にしていますが、実際にスポーツを続けることで「集中力が増す」「我慢強くなる」「協調性が生まれる」などの効果が生まれるのは事実です。

　いずれにしろ、スポーツや運動を通して脳に何らかのよい効果が生まれ、日常生活の改善につながっているという点では目指す部分は同

じです。

　発達障害の症状を改善する根拠のひとつとして、興味のある方は文献などを探ってみてもいいかもしれません。

　このように、研究が進んで発達障害のことも科学的に少しずつ紐解かれてきています。こういった研究が、きっと発達障害の症状改善につながっていくものと期待しています。

まとめ

スポーツや運動を通して、
「集中力が増す」「我慢強くなる」「協調性が生まれる」
などのよい効果が期待できる。

※1　学校法人関西医科大学 小児科学講座 助教　藤代 定志 2022年研究

※2　「脳を鍛えるには運動しかない！　最新科学でわかった脳細胞の増やし方」NHK出版

第 **3** 章

家庭や指導現場での
注意点とポイント

ここからは、ご家庭や指導現場で運動指導を実践するときの注意点やポイントをお伝えしていきます。

　お子さんを導く立場になると、つい感情が入ってしまうものです。しかし、ここまでにお伝えしてきたとおり、感情に任せて叱ったり怒ったりしてしまっても、発達障害のお子さんには効果がありません。

　では、どのように自分の感情との折り合いをつけ、お子さんとともに楽しく運動を実践していけるかを一緒に探っていきましょう。

親の立ち位置とスタンス

　みなさんは、自分ができているからといって、相手にも求めてしまうことはありませんか？

　たとえば、ご家族の誰かが目玉焼きひとつをつくるのに、大きなフライパンを持ち出したうえに時間がかかりすぎているとしましょう。自分はつくり慣れているので、ひとつの目玉焼きに見合ったフライパンの大きさがすぐにわかりますし、卵や調味料の場所も知っているので、あっという間にできあがります。しかし、つくり慣れていない人がやれば、そうは簡単にいきません。

　このように経験の差は誰にでもあり、経験していないことを急に上達させるのは誰にだって至難の業です。これは、運動にも同じことがいえます。運動というのは、この経験の差がわかりにくく「誰でもできるだろう」という思考バイアスがかかりやすい分野なのです。

　国語や算数といった学習分野なら習得度がわかりやすく、学習し始めた「スタートライン」もまわりに見えやすいのですが、運動に関し

ては生まれたときから自然と習得が始まるため、親御さんにも指導者にも、非常に個人差がわかりにくいという側面があります。

　だから「これくらいならできるだろう！」「これくらいできて当たり前！」という自分の経験則に基づいた指導に偏りがちになります。そして、ついつい「なんでできないの！」「これぐらいのことでつまずいてたら先に行けないぞ！」などと声をかけてしまい、お子さんをポジティブに導くことができないケースがとても多いのです。これが発達障害のお子さんであれば、前述のような脳の特性があるのでなおさら習得に時間がかかります。

　ここで心がズキッと痛んだあなた。安心してください。私も、自分の子どもには「これくらいならできるだろう！」とネガティブな声かけをした経験があります。つまり、正しく導けないことは誰にでもあることで、決してあなただけが「できていない」わけではありません。正しい導き方を知り、適切にお子さんを上達へと誘導してあげればいいだけのことなのです。

誤った導き方

- ●「これが社会の常識だ」と一般常識に沿って修正しようとする
- ●「やらない」と拒否する子に強行突破で指導してしまう
- ●せっかくできたのに、できて当然のことのように振る舞う

正しい導き方

- ●「指導しない指導」を心がける
- ●拒否されたら「じゃあ何ができるか？」と転換する
- ●成功したらその都度褒める

このように、親は一番の理解者であるというスタンスで、お子さんと向き合うことがとても大切です。無理強いや、教室の先生のように厳しく目標を達成させる姿勢を見せるより、お子さんがいま何を不快に思い、何を拒否しているかに理解を示さなければいけません。

親は、お子さんにとって居心地のいい場所であることが一番です。教室に通っていても「先生の言うとおりにしなさい！」と親が周囲の目を気にして注意してしまうと、お子さんはどんどん居心地が悪くなって心を閉じてしまい、結果的には教室自体が嫌になって通わなくなります。

叱るより褒めるプラス思考の導き方で、お子さんにとって居心地のいい環境をつくってあげることが、習得・上達のための何よりの近道なのです。

> **まとめ** プラス思考の導き方で指導することが大切。
> お子さんにとって居心地のいい環境づくりが
> 習得・上達への何よりの近道。

親のメンタルの保ち方

先ほど私も、プライベートではついやってしまったことがあるとお話ししたネガティブな声かけは、お子さんの萎縮を招いて、本来できるはずの動作もできなくしてしまいます。

仕事のうえではたくさんのお子さんの症状を改善してきた私でさえ、

プライベートとなると難しいのですから「どうしてあんなことを言ってしまったんだ」と自己嫌悪にかられる親御さんもきっとたくさんいらっしゃることでしょう。

しかし、親御さんが自信をなくしていては、お子さんも前向きにはなれません。ポジティブな声かけを実践していくには、親御さんのモチベーション維持がとても大切なのです。

「鏡の法則」という言葉を聞いたことがありますか？

これは心理学用語で「自分のまわりにいる人の行動や目の前で起こる出来事は、自分を映し出した鏡である」と捉えることを差します。

もしあなたが、お子さんに対して怒りの感情で接してしまったら、お子さんもきっとあなたに対して怒りの感情をぶつけてくるようになるでしょう。もしかしたら、すでにそうなっているかもしれません。

すべてにおいて自分の行動がお子さんに映るというわけではありませんが、少なくとも親御さんの感情はお子さんに非常によく伝わっています。プラス思考での導きというのは、その点でもとても大切です。お子さんからポジティブな反応が返ってきたら、親御さんもとってもうれしいですよね。

つまり褒めるという行為は、お子さんにとってだけではなく、親御さんにとってもプラスになることなのです。

ご家庭で何かを指導するうえで大切なのは、親御さんもお子さんもお互いにとっての成功体験を積んでいくことです。知識を詰め込んでガチガチに指導するよりも、ご家庭ならではの居心地のよさ、楽しさを取り入れて、お子さんと一緒にゆっくり歩んでいく気持ちでプラス思考を育んでいきましょう。

> **まとめ**
> 子どもは親を映す鏡。
> 親も一緒に楽しむことで、
> プラス思考を身につける。

「褒める」の上達方法

　私の指導現場には、失敗を恐れて運動ができなくなっているお子さんがたくさん訪れます。私の目の前でなわとびを拒否するお子さんや、スーッと無言でその場から離れてしまうお子さん、種目とはまったく関係のない遊びをして練習を拒否してしまうお子さんなど、本当に多くのお子さんと出会ってきました。

　第1章でもお話ししましたが「運動への苦手意識」は周囲のネガティブな声かけで出現してしまいます。先ほどお話ししたようなお子さんも、最初はチャレンジしたものの「それじゃいつまで経ってもできるようにならないよ！」「何回同じこと練習してんだよ！」「なんだよそのフォーム！」などのように、まわりから呆れられたり怒られたり否定されたりを繰り返すうちに、運動を拒否するようになってしまったというケースがありました。

　自分が同じような声かけをされたら嫌だな、と思うことを相手に言わないのは人として大前提ですが、我が子を上達させたいがためについ出てしまうのが「苦言」だと思います。ひとまず、その苦言は心の中に置いておいて「褒める」を上達させるために次のような声かけを

076

心がけてみましょう。

1. **できたときに口に出して褒める**
2. **大げさな感情を込めずに褒める**
3. **事実をそのまま口に出す**
4. **できている部分だけに言及する**

❶ できたときに口に出して褒める

できた瞬間に褒めず、時間が経ってから褒めても効果はありません。親御さんが「褒めの瞬発力」を鍛えて、お子さんができたらすかさず口に出して褒めましょう。

❷ 大げさな感情を込めずに褒める

「完璧！」「世界一！」のように大げさに褒めていませんか？　これは悪いことではありませんが、最初から最上級の褒め方をしてしまうと、それ以上の褒め言葉が期待しづらくなり、意欲にはつながりません。シンプルに、的確に褒めましょう。

❸ 事実をそのまま口に出す

本人ができた部分をそのまま口に出すだけで、お子さんは認められた気持ちになります。褒め言葉がわからないときは「歩いたね！」「できたね！」など、そのままの事実を伝えましょう。

❹ できている部分だけに言及する

「ここはできたけど、こっちはできなかったね〜」などと、できなかった部分を付け加えてしまうと、褒められたこととして認識されませ

ん。たとえできていない部分があっても、できた部分にのみ言及するようにしましょう。

> **まとめ**
> 褒めの上達にはポイントがある。
> 意識して褒める心がけで、
> 親子双方のステップアップに。

目標を細かく設定して、褒める回数を増やす

「褒める」の上達方法を知ったら、次はテクニックの伝授です。

私がオススメするテクニックは「細分化して褒めること」です。

親御さんにとっては、長期的に見てお子さんがどこまでできるか、を目標立てていかなければ教え方もわかりませんし、モチベーション維持にも関わってくると思います。だから、まずは目標を決めるわけですが、気合と根性だけでがむしゃらに達成を目指してもうまくはいきません。

運動やスポーツに限らず、何かを習得しようとしたときに何より大切なのは、目標（ゴール）までに細分化されたミッションをクリアしていくすごろくのような道のりの中で、小さな成功体験を積み重ねていくことです。

目標ができたら、次の図のようにミッションを設定してみましょう。

第3章　家庭や指導現場での注意点とポイント

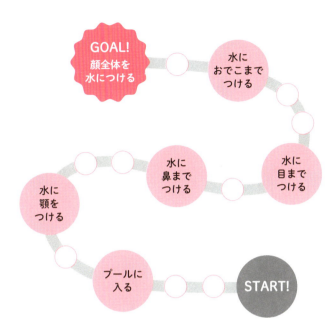

　この細分化した小さなミッションを、クリアするごとに褒めていくことで、お子さんはゴールの「〜〜をする」を達成するまでに、たくさんの成功体験を手に入れることができます。
　仮に、最終ゴールを達成できなくてもかまいません。大切なのは、ゴールまでの道のりをたどる過程で、どれだけ多くの成功体験を積んでいけるかということです。

　お子さんは、親御さんの理想を達成するために動いているわけではありません。気が散って練習に参加できていない状態のお子さんに、最初の段階から「参加して正しい行動をする」ことを期待するのはやめましょう。これでは、いくつものステップを急に登らせることにな

るので、理想が高すぎるといえます。

　運動を習得するシチュエーションであれば、まずお子さん本人が体の使い方を知り、運動機能をアップしていろいろなスポーツを楽しめるようになることが、お子さんにとっての大きな目標です。だから、親御さんの理想と照らし合わせるのではなく、いまできないことがあったとしても現状を温かい目で見守ってあげましょう。たとえいまはできていなくても、お子さんの最終的な目標への道のりに支障はありません。

　そして、小さなことでもひとつできるようになったら褒めてあげる。細かく設定したハードルをクリアするたびに褒めてあげることを繰り返していけば、いずれ大きな目標も達成できるようになります。

　いまできていないことに、目を向けるメリットは何もありません。成功体験を積むことだけに目を向けてみてください。そうするとお子さんは、自信を持って運動ができるようになり、体が鍛えられたことで発達障害特有の症状が改善するといううれしいメリットにもつながります。

　親御さんをはじめとする周囲の大人は、細かく目標を設定することで褒める回数を意識的に増やし、目標に向かうことの楽しさとやる気を大事に育ててあげましょう。

> **まとめ**
> 細かく設定した目標を、
> ひとつずつクリアするたびに褒めて、
> たくさんの成功体験を積み重ねてもらう。

自己肯定感を感じてもらうための褒め方とは？

褒めることで得られるのは、自信と自己肯定感です。

お子さんに自己否定がある状態では、新しいことに自信を持って取り組むことがとても難しく、いつまで経っても目標を達成することはできません。

でも褒められると自信が生まれますし、自分の取った行動が間違いじゃなかったんだという確信が得られます。そうすることで、エラーばかりを気にして身動きが取れなくなっていたお子さんも、だんだんと自由に動けるようになってくるものです。

お子さんが自分を認めてあげる、つまり自己肯定感を得るためには何が必要か。それは、できたことに対して無条件で褒めてあげることです。

できている部分だけに言及することの大切さでも触れたとおり、できているけれどできていないこともあるときに、できていない部分にまで言及してしまうと、お子さんは成功体験として捉えることができません。

たとえば「跳び箱３段跳べたけど、着地に失敗しちゃったね」「ボールをあんなに遠くまで投げられてすごいね！　でも、キャッチする人の方向に投げないとダメだよ」といった褒め方です。

これでは、できている部分よりできていない部分に脳が注目してしまいます。「うまくできたと思ったけど、ダメだったんだ」という具合に、自己肯定感を感じることができなくなってしまうのです。

先ほどの事例だと「跳び箱3段跳べたね！」「ボールをあんなに遠くまで投げられてすごいね！」といった声かけだけにして、できていない部分については大人の胸にしまっておきましょう。

　このように「できていない部分」には触れずに「できている部分だけを無条件で褒める」ことが自己肯定感を上げるためにも重要なポイントです。

　また、入浴中や寝る前のひとときなどに、その日にできたことをお子さんと一緒に振り返ってみるのもいいでしょう。

　エピソード記憶は、思い出す回数が多くなればなるほど強く働きます。成功体験をたくさん思い出すことで「自分はできている」というよい思い込みを生み出すことが大切です。

- **NG ＝ 失敗体験を何度も思い出す………できないと思い込む**
- **OK ＝ 成功体験をたくさん思い出す……できていると思い込む**

　発達障害のお子さんたちは人から注意されることが多く、よい評価をされることに慣れていません。そこへ、たくさんよい評価をしてくれる人が現れたら「あれ？　できるかも」というよい思い込みが生まれてきます。すると、本当にできるようになるのです。不思議ですが、これも脳の働きによるものです。

　成功体験の積み重ねで脳を育てるイメージを持ち、自己肯定感のアップを意識しましょう。

第3章　家庭や指導現場での注意点とポイント

> **まとめ**
>
> よい思い込みが本当の「できる」につながる。
> できたことだけを無条件で褒めて、
> 自己肯定感のアップにつなげる。

できないと、なぜふざけてしまうのか

できないとふざけてしまうお子さんがいると思います。

この「ふざける」という行為が原因となって、親御さんはイライラさせられているのではないでしょうか。

子どもの「ふざける」には理由があります。

❶ 照れ隠し

できないことを恥ずかしいと感じ、プライドを保つためにふざけたことにして、できないことを隠します。

❷ 与えられた課題が高すぎる

子どもは「できそうだ！」と感じた瞬間にやる気が起こります。ただ「できそうだ」と感じないくらいの高すぎる目標を与えてしまうと、子どもはやる気が起こらなくなり「ふざける」ことになります。

❸ 時間、回数が見えない

課題を与えるときに、終わる時間や回数が見えないときは集中力が

高まりません。私たち大人も、仕事や作業の終わる時間が見えないと、それを苦痛に感じたり身が入らなくなったりしますよね。

　子どもは、より顕著にそれが現れます。

「あと5回」と言ってできなかった場合に「おまけの1回」などをおこなったりはしていませんか？

　あるいは、最初に終わりの時間を決めたのに、5分延長などをしていませんか？

　この「おまけ分」は、ほぼ集中力が切れている状態です。

　さらに「約束を守らない大人」という認識をされて、子どもからの信用を失う行為でもあります。決めた時間や回数を大人が守らなければ「どうせ延長するんでしょ？」となって、信用のない大人として認識されて子どもは言うことを聞かなくなり、ふざけてしまいます。

❹ 最後まで指示を出さない

　子どもたちは、指導者の指示で動きます。ただその指示が中途半端だと、子どもたちは「何をしてもいい時間」だと勘違いしてふざけてしまいます。

　たとえば「なわとびを持ってきて」と指示を出したとします。子どもたちはなわとびを持ってきたら、勝手に跳び始めてしまいます。まだ隊列もつくっていないのに跳び始めたら、友だちに当たる、できなくて落ち込む、まわりがやっているけどやっていいのかわからない子が出てくるなど、こちらが意図しない行動が起こります。

　ここで意図しない行動に対して注意をしたとしても、子どもたちは「え？　なんで？」という表情になります。これは、最初の指示の時点で「終わりの指示」が入っていないからです。

「なわとびを持ってきて、先生の前に集まって座ります」

第3章 家庭や指導現場での注意点とポイント

このような指示を出せば、勝手に動き出すことはなくなるでしょう。

まとめ
子どもがふざけてしまうのには**理由がある**。
大人がその理由に配慮した指示を出すことで、
イライラする原因を少なくできる。

何を求めているのかを明確にして、それだけを褒めるのがゴールへの近道

すごろくのたとえでも示したとおり、何かひとつの目標（ゴール）を決めたら、ゴールまでに細分化されたミッションをクリアするたびに褒めていくことが、お子さんを伸ばしていくポイントです。

たとえば「輪の中に入って」という明確なミッションがクリアできているのに、騒いだりしてみんなと違うことをしているという理由で注意してしまうと、お子さんはクリアすべきミッションがあいまいになってしまい、ゴールにはたどりつけません。

この場面でやってほしいのは、あくまで「輪の中に入ること」です。だから「輪の中に入ること」ができたのなら、たとえひとりだけみんなと違う動きをしていても褒めてあげましょう。そして次の小さなミッションをクリアしたら、また褒めてあげる。これを繰り返すことによって、一歩一歩ゴールに近づいていくことができます。

親御さんには、いまお子さんがすごろくのどのミッションにいるかをわかったうえで、それをクリアしているかどうかだけに注目するこ

とが求められます。

「そのミッションで、できた行動だけを褒める」というふうに親御さんが意識づけることで、進むべき方向に成功体験が正しく積み重なり、ゴールへの道がまっすぐ伸びていきます。

　一歩一歩の進みは遅いと感じるかもしれませんが、ゴールに向かってまっすぐに進んでいるならそれでよし！　ゴールまで伸びた道筋からぶれなければそれだけでいいのです。

　ただし、中には「アドバルーン（試し行為）」と呼ばれる行動もありますので、見極めが必要になります。アドバルーンとは、この人はどこまで受け入れてくれるかを試す行為のことです。「ほらほら、ボク悪いことをやってるよ〜」というのがアドバルーンですが、その行動がアドバルーンなのか、発達障害の特性のための行動なのかを見極めることが必要になってきます。

　そして、アドバルーンは即止めることが重要です。アドバルーンを放置しておくと「ここまでは大丈夫なんだ」という理解をして、試し行為のレベルがどんどん上がっていきます。一度レベルが上がってしまうと、低いレベルの行為に対して注意をするとき「前はこれで注意をされなかったのになんで？」という不信感につながります。

　だから、アドバルーンに対しては即対応して、試し行為がエスカレートしないように最初から止めることを意識しないといけません。

　感情を入れずに静かに止めて目標への道筋を示し、その道筋に沿った行動だけを褒めるようにしましょう。

　すごろくを進むごとに「よくできました！」の評価を細かく入れることで、親子ともに自己肯定感を上げ、一歩一歩楽しく目標に近づく

ことができるようになります。

　発達障害のお子さんが、目標（ゴール）までの道のりで必要な力をつけていくには、親御さんの道案内が必要です。現実でもなんの地図も持たずに道を進むと、目的地に着くまでにはとても時間がかかりますよね。目標までの地図を描いて、お子さんとともに歩むイメージを持ってください。

> **まとめ**
>
> 目標（ゴール）までの地図を描いて、
> その道のりをぶれずに
> 進んでいくことが大切。

まわりの目を気にしすぎないためには

　そうはいっても、集団の中でみんなと違う行動を取ってしまう我が子を見ていると、口を出さずにはいられない……。みんなに迷惑をかけているのがわかるだけに、その場にいるのがいたたまれない……。そんなふうに思われる親御さんも多いのではないでしょうか。

　たしかに、集団に指示を出す場面でひとりだけまったく違う行動を取られてしまうと、教える側は多方面に注意を向けなければいけなくなるため、目標だけに集中して指導をすることが難しくなります。

　このような状況を見て、親御さんの多くは「先生のほうを見て」「落ち着きなさい」などとご自分のお子さんに声をかけます。また、ほかのお子さんの親に対して「すみません」と謝ることも多々あるこ

とでしょう。これは、我が子がみんなに迷惑をかけているので、それに対して親御さんが責任を取らなければならない、という心理から来ている言動だと思います。

私も正直、指導する側として「困ったな」と思うことはありますし、自分の子どもに対して「人に迷惑をかけるな」と声かけをすることもあります。

でもみなさん、一度ご自分の人生を振り返ってみましょう。これまでの人生で、周囲に何も迷惑をかけずに生きてきた自信がある方はいますか？

人は多かれ少なかれ、他人に迷惑をかけながら生きていく生き物です。赤ちゃんの頃には、電車やバスなどで大きな声で泣いてまわりに迷惑をかけたこともあるでしょうし、少し大きくなってからもおねしょをしたり、悪ふざけでケガをして病院に連れていってもらったりしたこともあるでしょう。大人になっても、お金が足りずに誰かに払ってもらったり、お酒を飲みすぎて誰かに抱えてもらったりしたこともあるかもしれません。

人は不完全な生き物です。完璧な人間なんてどこにもいません。できる部分やできない部分、自制心が働く部分や働かない部分は誰にでもあるもので、その足りない何かを補い合いながら誰もがこの社会で生きています。

集団の中では上手に過ごせる子も、ひとりになると途端にわめき始める子かもしれません。おとなしくて先生に従順な子は、自分で判断することができない子かもしれません。それでも、あなたの目にはきちんとできているように映るため、まるですべてにおいて優秀で迷惑

第3章　家庭や指導現場での注意点とポイント

をかけていないかのように思い込みがちですが、頻度や程度は違っても誰もが周囲に多かれ少なかれ迷惑をかけて生きているものなのです。

また、物事は多面的に捉える必要があります。あなたのお子さんが集団の中で座っていることができずに動き回る子だったら、誰よりも筋肉が発達しているのかもしれません。感情が表に出ない子なら、常に冷静な判断で動けるかもしれません。

すべては発想の転換です。

いま起きている事象（指示が聞けない、運動ができないなど）だけでお子さんを見るのではなく、長期的に見てどこを改善したら生きやすくなるのかをまわりの大人が捉えてあげることが大切です。

だから、いま周囲に迷惑をかけていると思う場面に遭遇しても、その子なりの原因（おもちゃが目の前にあるなど）があるなら取り除いてあげればいいのです。要因が見つからない場合は、まずはお子さんの気が済むまで見守ってあげましょう。どうしてその行動を取るのかを冷静に見極めて原因を見つけることができれば、指導者や発達障害の専門医などに相談する内容も明確になります。

迷惑をかけていることを親御さんは気にしすぎないようにして、そうならないような工夫を焦らずに続けていきましょう。

まとめ

人は多かれ少なかれ迷惑をかける生き物。
あまり気にしすぎることなく、
原因を見極めて焦らず対応する。

「ありがとう」の重要性

「ありがとう」には、感謝のほかに相手の行動を認めるという意味合いもあります。

　自己肯定感を高める意味でも「ありがとう」は忘れず口に出し、お子さんに「あなたの行動を認めているよ」と伝えてあげることが大切です。

「ありがとう」は、日常生活のあらゆる場面で思い当たることがあればすかさず伝えます。

　列を譲ってくれてありがとう。指示を聞いてくれてありがとう。待っていてくれてありがとう。一緒にいてくれてありがとう。

　小さな行動でも「ありがとう」が言えるようになることで、コミュニケーションの幅は広がります。お子さんに対してお礼を言うことに照れを感じる方もいらっしゃるかもしれませんが、たくさん口に出しているうちにきっと慣れますから、どんどん「ありがとう」を言いましょう。

　また「ありがとうと言えば、いろいろなことがスムーズに運ぶんだ」という社会学習をさせる意味でも、家庭内で「ありがとう」をクセにすることは大切です。

　学校や会社などのコミュニティにおいて、円滑な人間関係を築けるかどうかで人生は大きく変わります。信頼のおける人物かどうかがわからなければ友だちは離れてしまいますし、仕事も任せてもらえなくなりますよね。円滑な人間関係を築くためには、口に出して「ありが

第3章　家庭や指導現場での注意点とポイント

とう」と感謝の気持ちを伝えることがとても重要なのです。

　大人が「ありがとう」と言ってくれる場面がどこか、ということを
お子さんに学習させることで、もうひとつよい効果が生まれます。そ
れは、大人が求める行動をするようになる、つまり、大人からの指示
が通りやすくなるということです。

　発達障害のお子さんにとって、指示の通りにくさという特徴は、日
常生活を送るうえで大きな影響を及ぼします。相手をイライラさせて
しまったり、相手にされなくなってしまったりする可能性もあります。
この点を改善できたとしたら、お子さんも親御さんも心が楽になりま
すよね。

　当たり前ですが、怒られるより「ありがとう」と言われたほうが誰
だって単純にうれしいものです。「褒めの瞬発力」と同じように、伝
えられる場面があったらすぐに「ありがとう」と言える瞬発力が大切
で、その瞬発力をつけるには、言い続けることがコツとなります。
「ありがとう」をたくさん言い合うことによって、家庭全体で信頼関
係を築き、気持ちよく過ごすことを日常にしましょう。

> **まとめ**
>
> 「ありがとう」をクセにすると、
> 自己肯定感が高まり信頼関係が築かれて、
> 指示も通りやすくなる。

怒りの感情は表に出してはいけない

　褒めることや「ありがとう」の声かけの正反対にあるのが「怒り」の感情です。

　お子さんと向き合うときに「うれしい」「感謝」などのプラスの感情は何度でも出してもいいのですが「怒り」の感情は出してはいけません。

　おもしろい研究結果があります。AIロボットがASDの子に指導をしたら、めちゃくちゃ学習能力が伸びたというのです。

　発達障害、とくにASDの場合は表情や感情を読み取ることが苦手とされていますが、AIロボットには感情がないため、指示を受ける際に言葉のとおり素直に読み取ればいいだけなので、楽に学習ができたと考えられています。

　私は身長が高く声も大きい指導者ですが、感情が豊かで声が大きいインストラクターを苦手に思う子もいるため、そうしたお子さんには受け入れてもらえないことがあります。そういった場合には、常に一定の出力で淡々と話し、声も大きくないインストラクターをつけてみると、受け入れられたりすることもあるのです。

　そのくらい、発達障害のお子さんは感情に敏感であることが多いのですが、その一方で、読み取った表情や感情がどこから来ているのかを判断する能力は低い傾向にあります。

　そのため、発達障害のお子さんに対して「怒り」の感情を表した接し方をしてしまうと「なんで怒っているんだろう？」ということに単

純に意識が向いてしまうので、言葉の内容に集中ができなくなってしまいます。本当に伝えたい言葉が通らないのです。

だから、たとえ言って聞かせなければ危険が伴うような場面であっても、語気を強めることは逆効果です。「なぜ危険なのか」「どうすればよかったのか」を静かな表情で落ち着いて伝えることのほうが有効になります。

他害行動など、瞬間的に止めなければいけないような場面では声を強めることもありますが、決してその状態を長引かせてはいけません。一度怒ってしまうと、こちらも怒りの感情にいつまでも引っ張られがちになるものです。でも、そのあとにその子がよい行動をしたときに、怒りの感情にとらわれて褒めないでいると、せっかくのよい行動が成功体験にはならず、身につかなくなってしまいます。

感情は大人でもコントロールが難しいので、どうしても怒ってしまうことはあるでしょう。でも、たとえ怒ってしまったとしてもご自分を責めずに、また冷静に向き合えるようチャレンジしてみてください。

小さな成功体験の積み重ねが目標達成に必要なのは、親御さんにとっても同じです。自分を責めるのではなく「怒ってしまったけど、すぐに気づいて修正できた」などと、自身も小さなミッションクリアの意識を持ち、自分を褒めてあげられるような工夫をなさるといいと思います。

まとめ

怒りの感情は逆効果。
気持ちを静めて、
落ち着いた声かけを意識する。

ご家庭と習い事では何が違うのか

　ご家庭と習い事で大きく異なるのは、対価意識の違いです。

　私たちプロの指導者は、お金（報酬）をいただいてお子さんの指導にあたっています。だから、それに準じた知識がなければいけませんし、見合った効果を出せなければいけません。その一方で決められた時間には終わりますから、たとえお子さんにイライラしたとしても、指導を終えれば気持ちを切り替えることができます。

　しかしご家庭では、報酬の発生がない中でお子さんを育てています。お子さんの成長や行動によって得られる充足感や達成感が報酬の代わりになりますから、その達成感を求めるあまり、ついつい自分の理想的な基準までお子さんに要求をしがちです。しかも時間無制限でずっと一緒にいるわけですから、お子さんにイライラすることがあったとしても、なかなか気持ちを切り替えることができませんよね。

　『スポーツひろば』に、発達障害の症状の強いお子さんと一緒に来るお母さんが、いつもいたたまれない表情をしていることがありました。

　あるとき、悩み抜いた顔で「この子を続けさせていいんでしょうか」とそのお母さんから言われましたが「むしろそういうお子さんを見るための場所なので、全然気にしないでください」と私は言いました。これは、いまでも同じようなケースに触れるたび、全員に伝えている言葉です。

　先ほども述べたとおり、他人に迷惑をかけることは仕方のないことです。ましてや、教室に通っているお子さんの場合は、お金を払って

参加しているのですからまったく気にする必要などありません。

　もし、ひとつだけアドバイスをするなら、お子さんの症状に見合った施設を探すことです。重度の症状があるお子さんが軽度のお子さんばかりいる施設に通ったら、やはり行動の違いは目立ちますし、施設のスタッフに十分な知識がない場合もありますから、そこは慎重に選んだほうがいいでしょう。反対に軽度のお子さんが、重度のお子さんが多く通う施設に行くのも、お子さんの成長にとっては適切ではないといえます。

　それぞれの症状に合った施設を探し、信頼できるプロに任せることが一番大切です。

　また、どの施設でも起こりがちなこととして、親御さんが見学しながら「ちゃんとしなさい！」などの声かけをしてしまうことがありますが、これはNGです。

　プロは長い目でお子さんを見ていますから、その場で協調性のない動きをしていても、あえて声をかけずにスルーしている場合もあります。親御さんは「見に行かない！　気にしない！　プロに任せる！」この３つを念頭に置きながら習い事に通わせていただけるといいかと思います。

　発達障害のお子さんにとって、習い事や療育は協調性・社会性を学ぶための貴重な場になります。親御さん以外の他人との信頼関係を築き、お子さんなりの社会生活を送るいい機会になりますので、ぜひお子さんに親御さんと離れた場所での経験を積ませてあげましょう。

> **まとめ**
>
> 習い事は貴重な学びの場。
> 見に行かない！　気にしない！　プロに任せる！
> の3つで、お子さんに経験を積ませる。

習い事や施設を選ぶときのポイント

　いざ習い事をさせようと思うと、どんなものを選べばいいか悩みますよね。いろいろな習い事がありますので、一概には断定できないことも多いのですが、私が思う選び方を少しご紹介します。

　まず、なんでも「ダメダメ」と言う先生や、怒ってばかりの先生しかいない場所はオススメできません。これは、この本でずっと伝えてきたように、成功体験の積み重ねこそが大切だからです。怒られると「先生にどうやったら怒られないか」に意識が向いてしまいますし、スポーツの技術習得や成功体験を得るよりも回避の行動につながりやすくなります。

　また、放置しかしない指導も、成功体験が得づらいという理由でよくないといえるでしょう。

　そして、親とコミュニケーションをちゃんと取ってくれる先生を選んでもらいたいなと思います。お子さんや親御さんに対して、きちんとフィードバック[※1]をしてくれる先生は貴重です。些細な一場面だけでもいいので、今日あった出来事を伝えてくれるとありがたいですし、助かりますよね。これは、お子さんをちゃんと見てくれていて、

第3章　家庭や指導現場での注意点とポイント

信頼のおける先生かどうかを判断できるポイントだと思います。

　プロは集団をまとめるだけのスキルがあって、明確に指示を出せるようにならなければいけません。習い事は、子どもを扱うプロになることが求められる世界です。

　でもそうはいっても、素晴らしい指導者ばかりとは限りませんし、表に出ている情報だけではお子さんに合った施設かどうかを見極めることはできません。だから、まずは見学や体験教室などで、実際にその教室に入ってみることはとても重要です。できれば先に通っている方からの情報を得て、実際に足を運んでお子さんに体験させて判断するのがいいと思います。

- **応対してくれた指導者は親御さんに丁寧に説明してくれたか？**
- **体験したお子さんの表情や様子はどうか？**
- **指導中、ほかのお子さんたちの様子はどうか？**
- **お子さんが無理なく通える距離か？**

などいろいろな面で判断要素があります。

お子さんが「楽しかった！」「また来たい！」と思えることがまずはもっとも大事なので、いくつかの候補を体験させてみるのがいいでしょう。

> **まとめ**
> 正しい声かけやコミュニケーションで、
> お子さんが成功体験を積める施設かどうか、
> 見学や体験で見極めることが大事。

※1　行動や成果を評価して課題を指摘して改善につなげること

親子で選びたい習い事が違う場合は？

親御さんがやらせたいことと、お子さんがやりたいことが違う場合にはどうしたらいいのでしょうか？

でも、それは簡単です。

お子さんの意見を尊重するべきです。嫌々通っても、やる気になるわけがありません。

たとえば、親がバスケットボールをしていたとすると、つい「子どもにもバスケをさせたい」と思ってしまいますが、日常でバスケットボールに触れさせたり親の練習を見せたりして興味を惹かせるといった下準備が何もなく、急にバスケを習わせようとしたところで、お子さんには受け入れてもらえないことがほとんどです。

親がやらせたい科目や種目があるなら、まずは家庭で試したり一緒に試合映像などを見たりして、親しんでから興味を持つように促すことがスタートの第一歩です。それができていないのに、無理やりやらせようとしてもうまくはいきません。

ここまで何度も言ってきたように、お子さんは「うまいね」「がんばってるね」というプラスの声かけをされたいのです。それを満たしてあげることができれば、お子さんはその種目に興味を持ってくる可能性が出てきます（成功体験によるよい思い込み）。

習い事にはたくさんのお子さんがいるので、褒めてもらえる機会はとても少ないのが現実です。たとえば、50人いるサッカー教室でひ

とりひとりを評価していたら、それだけで約1時間はかかることになりますから、評価を受ける機会を持つことは難しいと思ったほうがいいでしょう。

だからこそ、親がよい評価をちゃんとつけてあげることで、その種目に興味を持つきっかけにもなるでしょうし、体を動かすことは楽しいことなんだと認識できるようにもなります。

習い事に通わせるモチベーションを維持するためには、親子で同じ目標に向かうような働きかけは必須といえます。上手に興味を持たせて親のやらせたいことを選ぶか、お子さんのやりたいことがあるならそこに親御さんが興味を向ける工夫をするか、お互いに無理のない選び方を意識するのがいいと思います。

まとめ
無理やりやらせても続かない。
親子ともに興味を持って通える
習い事を見つけよう。

指導現場で心がけること

ここまで、主にご家庭における注意点やポイントをお話ししてきましたが、指導現場においてのポイントを少しだけお話しします。

心がけることは、次のとおりです。

- ポジティブ（プラス）な声かけ
- 無理強いはしない
- ワーキングメモリに配慮した指導の組み立て

など

　ご覧のように、ご家庭での指導方法と共通していることも多いのですが、これに加えて「親御さんが何を求めているのか」「お子さん本人が何を求めているのか」を理解・観察することが、とても大切になってきます。

　礼儀作法ができる、チームプレーがうまくなるなどの二次的な目標も抱えて、親御さんはスポーツ教室にお子さんを送り出しています。仮にそれでスポーツができるようになったとしても、付随する二次的な目標が達成できていないと、親御さんの意向でやめていくケースもあります。

　つまり指導者側は、スポーツを通じて得られる社会性や協調性の教育をできているかどうかが、親御さんから求められているのです。

　単にスポーツの習得だけであれば、いまやインターネットを検索すれば、詳しく丁寧に指導してくれる動画が山ほど出てきます。しかし、指導の現場には、生身だからこそ得られる感動やチームワークがあります。その感動やチームワークによって育まれる人間関係や心の動きこそが、社会性や協調性を育み、お子さんをあらゆる意味で豊かな人間へと成長させるための栄養分となるのです。

　ASDやADHDの子も、最終目標は集団に入れるようにすることです。現代社会で生きるには、何らかの集団生活が必要な場面のほうが多いものです。だから、それを苦手としているお子さんが少しでも楽

第3章　家庭や指導現場での注意点とポイント

に生活できるようになることはとても大切ですし、親御さんもそれを求めています。

　私は、かたくなに「やりたくない！」と拒絶するお子さんには「そこの平均台に座っていていいよ」などと無理強いせずに言ってあげます。でも、ほかのお子さんを指導している様子をその子が気にして見ているようなら「見ていてくれてうれしい！　こっちに混ざってみる？」と褒めたり、参加を促したりします。

　常に動いてしまうお子さんなら、じっと座って見ていることができただけでも評価をしてあげます。とにかく、お子さんが参加を嫌がらない、居心地のいい環境づくりに徹しているのです。

　療育の現場は、これまで押しつけられて嫌な思いをしてきたお子さんたちがたくさん来る場所なので、私たちは絶対に押しつけてはいけません。指導者ですから「指導の理想像」というものはあると思いますが、自分のやりたいことを押しつけるのではなく、お子さんをよく観察して参加のタイミングを図ることが大切だと、私は考えています。

> **まとめ**
>
> スポーツを通じて、
> 社会性や協調性を学んでもらい、
> 集団参加へと導いていく。

第**4**章

家庭でできる！
ボディイメージアップに
役立つ運動

この章では、ご家庭でふだんから取り入れられる遊びなどを通して、ボディイメージをアップさせる運動を紹介していきます。

行動傾向に合わせたポイントもまとめていますので、お子さんの年齢や発達状況に合わせてチャレンジしてみてください！

ボディイメージアップにオススメの運動

アイコン説明

2歳〜 …… 2歳頃からオススメ

4歳〜 …… 4歳頃からオススメ

7歳〜 …… 7歳頃からオススメ

ASD …… ASD傾向のお子さんにオススメ

ADHD …… ADHD傾向のお子さんにオススメ

第4章 家庭でできる！ ボディイメージアップに役立つ運動

おひざエレベーター 2歳〜

1 大人が長座で座り、膝の上にお子さんを立たせます

2 だんだんと膝を立てて高さを出していきます

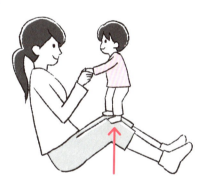

ポイント
- お子さんの手をしっかり握って安心させよう！
- 硬くて不安定な膝の上で姿勢を保っていられるかな？

ASD　ADHD　体幹を強くして、バランス感覚を養います。感覚過敏のお子さんにオススメです

親子でゴロゴロ

2歳〜

1. 大人が長座で座り、ももの上に同じ方向を向かせてお子さんを座らせます

2. そのまま体育座りになり、お子さんを抱えたまま後ろにゴロンと転がります

ポイント
- お子さんをしっかり支えて恐怖心を取り除いてあげよう！
- 慣れてきたら、後ろに倒れた姿勢から前に戻ってみよう！

ASD **ADHD** 後ろへ倒れる感覚に慣れることができます。感覚過敏のお子さんにオススメです

第4章　家庭でできる！　ボディイメージアップに役立つ運動

お尻歩き

2歳～

1 大人が長座で座り、ももの上に同じ方向を向かせてお子さんを座らせます

2 その姿勢のまま、大人がお尻の筋肉を使って前に後ろにと進みます

ポイント
- バランスを保ったまま座っていられるかな？
- 慣れてきたら、お子さんがひとりでもできるかチャレンジしてみよう！

ASD **ADHD**　不安定な場所で体勢を保つので体幹が強くなります。感覚過敏のお子さんにオススメです

洗濯もの干し

 4歳〜

1 大人が片足だけ立て膝をして、お子さんをうつぶせに膝の上に乗せます

2 お子さんが頭や足をブラブラさせて、お腹の力で体を支えます

ポイント

- 怖くて頭を持ち上げてしまっていないかな？
- 慣れてきたらあおむけにもチャレンジしてみよう！ブリッジの練習にもなるよ！

ASD **ADHD** 鉄棒でお腹に圧がかかることに慣れることができます。感覚過敏のお子さんにオススメです

第4章 家庭でできる！ ボディイメージアップに役立つ運動

ビニール風船キャッチ 　4歳〜

1
ビニール袋に空気を入れて、高い位置から「よーい！スタート！」で落下させます

2
落下するビニール袋を、床につくまえにキャッチします

ポイント

- お子さんは3mほど離れた場所に座り、ビニール袋の落下と同時に動き出そう！
- フワフワと予測のつかないビニール袋をうまくつかめるかな？

ASD **ADHD**　袋を追いかけることで、目の追従機能を強化させることができます。一種のビジョントレーニングになります

往復綱渡り

1 ロープやひもを、ループを描くように置きます

2 床の上に置いたロープやひもなどの上を歩いて往復します

ポイント

- 足の裏でロープの感触をよく感じながら歩こう！
- 最初はロープを見ながらおこない、慣れてきたら視線をまっすぐ前に向けたまま渡ってみよう！

ASD　ADHD　グニャグニャとした動きが目立つお子さんに有効です。目線とバランス感覚のトレーニングになります

第4章　家庭でできる！　ボディイメージアップに役立つ運動

ピッタリ瞑想チャレンジ 7歳〜

1

目をつぶってピッタリ10秒で開きます

ポイント

- 体育座りをして、動かずにじっと頭の中で10秒数えよう！
- できるだけテレビや車の音などの刺激がない状態でやろう！

ADHD　気持ちがたかぶりがちなお子さんの気持ちを静め、集中力を鍛える効果があります

ピッタリ着地

7歳〜

1 椅子などの安定した台の上から下にジャンプし、しっかり体を止めてピタッと着地します

2 着地の姿勢で、キーパーのポーズを心がけます

ポイント

● 着地の練習をすることで、下半身の力を鍛えよう！
● 着地のときに、どれだけ体がぶれないかを追求しよう！

ASD ADHD 下半身や体幹を鍛え、ジャンプ力を養うことができます

第4章 家庭でできる！ ボディイメージアップに役立つ運動

片足ジグザグジャンプ　7歳〜

1 片足立ちになり、右・左・右……と位置をジグザグにしながらジャンプで進みます

不安定になりやすいので、広い場所でおこなってください

ポイント
- 足底の感覚が強くないとできない動きなので、できない場合は前に進まず、その場で左右に片足ジャンプすることから始めよう！
- 慣れてきたら、くるくる体を回転させながら進んでみよう！

ASD　ADHD　足の裏の筋肉が必要になる動きなので、走る力が養われます

ここまでに説明したすべての運動は、比較的低年齢のお子さんから気軽にチャレンジできるものです。ふだんから生活の中で自然に取り入れられるように、廊下やお部屋の中にプリントして掲示しておくといいでしょう。

　発達障害のお子さんは、目ですぐに確認できると、それを習慣づけることができます。学校の時間割を覚えられずに忘れ物の多いお子さんは、部屋の中に時間割表を貼りつけておくことで忘れ物も防げるでしょう。

　次に、学齢期に直面しがちな運動種目の苦手を改善するためのポイントをご紹介します。ここまでに紹介した運動とは違って、鉄棒や跳び箱などの器具が必要なものもありますので、公園や校庭、体育館などで実際に器具を使いながら教えてあげられるとベストです。

第4章　家庭でできる！　ボディイメージアップに役立つ運動

鉄棒

前回りが
できない

1 ひじを伸ばして、ツバメの姿勢を取る

鉄棒をつかんで腕の力で姿勢を保つ「ツバメの姿勢」を取ってみましょう。これができていなければ、鉄棒はできません。腕の力は十分か、ひじが曲がってしまわないかをチェックしましょう

2 ツバメの姿勢ができていれば、あとは精神的な問題

ツバメの姿勢ができれば、あとは地面に顔が近づくことや、未知の感覚への恐怖心の問題です。頭や胸を大人がサポートして、少しずつ感覚に慣れさせましょう

3 お腹が痛いのは回り方の問題

回転が怖いお子さんは、頭の位置を過剰に下げてしまうため、お腹が痛くなる回り方になりがちです。一度回ってお腹が痛いと怖さで2回目ができないことがありますが、その場合は頭の位置を見直して、恐怖心を取り除いてあげましょう

4 どうしても難しい場合は、大人によるフルサポートで感覚を体験させる

前回りができないのは「足が宙に浮いている状態で頭が下がると自分の体がどうなるのか？　どういう景色になるのか？」が予測できないことによる恐怖が原因です。だから、足が宙に浮かなければかなりの恐怖を軽減できます。イラストのように補助を入れてあげて、足が宙に浮かない状態で回る感覚だけを体験させる練習をしてみましょう

ポイント
- まっすぐに腕を伸ばし、姿勢を保てていれば基本はOK！
- 大人がしっかりサポートして、怖さと痛さの原因を取り除いてあげよう！

逆上がりができない

1 うんていや登り棒でぶら下がる感覚をつける

ぶら下がる感覚をつかむために、まずはうんていなどを使ってただぶら下がることを練習し、どの筋肉をどのくらい使うとぶら下がっていられるかを意識づけましょう

2 「布団干し」の状態で、足の位置感覚を覚える

前回りの途中である「布団干し」の状態から足を上げていくと、どこまで足が上がれば逆上がりの姿勢になるかが理解できるようになります。さらに足を上げたままキープしておくと、必要な筋力や感覚がつかめるようになるでしょう

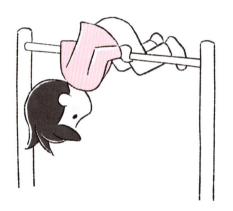

3 助走のつけすぎに注意する

勢いよく足を上げたいために、助走をつけて回ろうとする子がいますが、筋力が不足しているとうまくいきません。大きく回るのではなく、小さく回ることで必要最低限の力で済みますので、鉄棒から足が離れてしまわない範囲での助走にとどめましょう

ポイント
- ひじを曲げたまま一瞬でもぶら下がれる筋力をつけよう!
- 正しい足の角度と小さな円を描くことを意識しよう!

第4章　家庭でできる！　ボディイメージアップに役立つ運動

なわとび

前跳びが跳べない

1 なわを優しく回せているか

なわを強く回してしまうと、ジャンプのタイミングが合わずに跳べません。なわは優しく回し、床を叩きつけないようにしましょう

2 なわをつま先に当ててから、優しくジャンプする

最初はなわを回して、なわがつま先に当たったら、その場で少しだけジャンプする練習をしてください。このときなわを越える必要はありません。最終的な理想形は、その場でジャンプしたところをなわが通過することですから「なわを跳び越える」ことを意識するよりも、その場で小さいジャンプができることが一番重要です。繰り返すうちに、ほんの数ミリのなわを跳ぶには、どのくらいのジャンプが必要なのかがわかってきます。大きくジャンプしても体力を消耗するだけです。1回跳ぶ→回す→その場でジャンプ、を繰り返す練習をしましょう。また、なわを無理に越えようとすると、前に前に跳んでいくので、外でやっているといずれ道路に出たり、壁にぶつかったりして危険なので注意してください

3 子どもがリラックスできるように評価する

マイナスな声かけは緊張を生んでしまいます。緊張して回す腕の動きと一緒にジャンプする、またはなわを下ろす速度が速くなることでうまく跳べなくなります。「なわが地面についたタイミングでジャンプしたら褒める」「真上に優しくジャンプしたら褒める」「なわを地面に優しくつけられたら褒める」など小さな評価基準をいくつも設定し「跳べた！」を細かく分けて実感させてあげましょう

> **ポイント**
> - なわを回すのも、ジャンプも、優しくできているかな？
> - 体が硬直しないよう、褒めながらリラックスして跳ぼう！

後ろ跳びが跳べない

1
「気をつけ」の姿勢で跳ぶ

怖いからと背中を丸めてしまうと、なわがゆがんで顔や体に当たってしまいます。目線は前に固定し、気をつけの姿勢を意識させて、力が入らないように気をつけましょう

2
なわを大きく回す

うまく回せていないと、なわが顔に当たって恐怖心につながります。手の位置は「気をつけ」を維持したまま、大きく回しているかをよく観察しましょう

3
ジャンプは小さく

前回りと同様、ジャンプは必要最低限で大丈夫です。気をつけの姿勢で小さくジャンプする正しいフォームを覚えることで、どこをがんばれば跳べるようになるのかを明確にしてあげましょう

ポイント
- 背中が丸まっていないかな？　手の位置はずれていないかな？
- 小さなジャンプで目線をまっすぐ前に保とう！

第4章 家庭でできる！ ボディイメージアップに役立つ運動

大なわとび

1回も跳ぶことができない

1 8の字跳びのルートを教える

大なわに入るためには、8の字の動きを意識することが大切です。最初はなわを使わず、パイロンなど目標物を4か所に置き、それぞれの外側を8の字を描きながら移動するだけの練習でルートを意識させましょう

2 なわを跳ぶ位置に入る練習をする

8の字が意識できたら、今度はなわを跳ぶ練習です。跳ぶ位置（なわの中央）に目標円（床の目印）をつくり、斜めに走って目標円の中にケンケンをするイメージで片足だけ入ります。その場でジャンプして、そのまま8の字を描くように走り抜ける動きを繰り返してみましょう。焦らずゆっくり繰り返すことで、成功予測をつけていきます

3 なわに入るタイミングの練習だけをする

1、2、3と数えて3のタイミングで入ることを、実際になわを使って練習します。なわが地面についた瞬間から数え始め、5カウント数えます。1、2は心の準備。3で入って、4でジャンプ、5で反対側へ抜ける5カウントです。カウントすることでタイミングが取れるようになりますので、声に出してみんなで数えましょう！恐怖心が強い場合は、ここでもなわなしで5カウントを先に練習し、タイミングを覚えてからなわありの練習に入っていきましょう

ポイント
- 8の字ルートの進み方を頭にインプットしよう！
- 数字カウントで入るタイミングを覚え、機械的にこなせるようにしよう！

体操

前転ができない

1 おしりを高く上げ、手のひらを全部つける

クマ歩きの姿勢を取り、おしりを高く上げて手のひらを床につける、という前転の導入動作の練習をしましょう。このとき、つま先は必ず前に向けて前方向への体重移動を意識づけておくことが大切です

2 背中は丸める

回転系の技をおこなう場合は、体を丸めた「球体」のイメージが必要になります。マットの上で体育座りをして、目線はおへそに向けます。すると、背中が丸まった姿勢ができあがります。このまま後ろに倒れて、もう一度体育座りに戻ってくる「ゆりかご」のような動きを繰り返すと、背中の丸め方が理解できるようになります

3 転がったあと、足は曲げておく

起き上がるときまで、体は丸まっている状態でいることがポイントです。かかとはおしりにつけて、背中は丸めておきます。「ゆりかご」の動きをしたときのように体育座りのまま回って、足の裏が完全に床についたら起き上がるようにしましょう

ポイント
- 体全体がボールのように丸まっているかな？
- 起き上がるときに、足がまっすぐに伸びてしまっていないかな？

第4章 家庭でできる！ ボディイメージアップに役立つ運動

倒立が怖い

1 体を支えるのは骨！ ひじは絶対に曲げない

怖さで力が抜け、ひじが曲がってしまうと危険です。ひじを曲げないように強く意識させましょう

2 目線は床についた手と手の間に固定する

目線が固定できないと、体がぶれて倒れてしまいます。手と手の中間くらいをずっと見つめ、あごを引きすぎないようにしましょう

3 背中は曲げない

背中が曲がるとバランスが崩れます。背中はまっすぐ！ を意識させましょう

4 バンザイの姿勢から、大きく足を踏み出して勢いをつける

動作が小さいと重心の移動がうまくできず、足をうまく蹴り上げることができません。できるだけ大きな一歩を踏み出した先にバンザイの手を下ろし、遠心力を利用してもう片方の足を上げましょう

ポイント
- ひじを曲げると頭から落ちてしまうので、慣れるまでは大人が支えよう！
- 焦らず大きく足を踏み出せているかな？

**跳び箱が
跳べない**

1 代替運動をおこない、腕の力で体重を移動させる練習をする

跳び箱を跳ぶには、腕を支点とした体重移動を覚える必要があります。最初から跳び箱で練習すると恐怖を感じてしまうような場合は、平均台を使った代替運動で体重移動の感覚をつかんでみましょう。平均台の両サイドに両足の位置の目印をつけておき、次の目印まで腕の力だけで移動させる練習です。最初は次の目印までの間隔を狭くしておき、だんだんと広くしておこなうことで、跳び箱の奥行の長さまで体重移動する感覚をつかむことができます

2 足をそろえて踏み切る

助走のあとは片足で踏み切り板にジャンプするため、踏み切りの際に両足がそろっていない場合がありますが、それだと顔から落ちたり手が引っかかったりして危険です。どうしても片足で踏み切ってしまう場合は、跳び箱を置かずに助走から踏み切り板にジャンプしたあと、両足で踏み切る練習を繰り返しましょう

3 「できない」の反復にならないよう、完璧じゃなくても褒める

跳び箱は「できる」「できない」が明確な種目です。跳べない子にとっては「できない」が延々と続いてしまう状況に陥りがちで、そうなると失敗体験を繰り返す苦痛の時間の連続となってしまいます。跳べなくても助走、踏み切り、手をつく、（跳び箱の上に）座る、手で跳び箱を越えられる、などの小さな評価基準で褒めることを繰り返し、少しでも跳び箱への抵抗を減らしてあげましょう

ポイント
- 跳び箱が苦手なら、跳べなくても楽しい運動だと思うことから始めよう！
- 踏み切りで両足がそろっているかな？

第4章　家庭でできる！　ボディイメージアップに役立つ運動

陸上運動

短距離走が苦手

1 スタートで正しい姿勢を取る

膝が伸びていては瞬時に動くことができません。遅れを取らないように「よーい！」の姿勢で膝を曲げておきましょう。また、力を入れず脱力状態にしておき「ドン！」の合図で全身に一気に力を入れられるように準備しておきましょう

2 十分に腕を振る練習をする

腕を振ることで下半身が連動し、足を速く動かすエネルギーが生まれます。手のひらは優しくにぎって、ひじの角度は90度にして大きく振る練習を繰り返しましょう。最初は止まって腕振りの練習だけをおこない、慣れてきたら適度に力の抜けた姿勢で大きく腕を振って走りましょう

3 さまざまな姿勢からダッシュする

立ったまま「よーい！　ドン！」の合図で走るだけではなく、さまざまな姿勢からダッシュする練習をおこなうと、合図に反応する能力が鍛えられます。うつぶせ、あぐら、クラウチングスタートなど、さまざまなダッシュを試してみましょう

ポイント
- スタートするときに力を入れすぎていないかな？
- 走っている最中に腕が大きく振れているかな？

長距離走が嫌い

1 会話しながら楽しく走ることから始める

長距離走は、楽しみながら走ることができる種目です。しかし、そこにスピードを求められると、楽しさより苦痛を感じてしまって嫌いになってしまいます。走りながら景色を見たり、会話をしたりすることで、まずは「長距離って楽しい！」という感覚を覚えてもらいましょう

2 遅くてもいいので、まずは歩かないことから始める

最初は遅くても全然問題ありません。しかし、歩いてしまえば種目そのものが変わってしまいます。じつは「走る」と「歩く」には明確な違いがあるのをご存じでしょうか。両方の足が地面から離れている瞬間があるのが「走る」で、どちらか片方の足が地面につきながら移動するのが「歩く」です。この違いを意識して「走る」をキープし続けることができたら、それがどんなにゆっくりであっても長距離走が「できた」になることを教えてあげましょう

3 速く走るより楽しみとして覚えさせる

黙々と走ることは競技としての長距離走には必要ですが、長距離走が苦手なお子さんには、まず楽しんでもらうのを覚えさせることのほうが大切です。「鬼ごっこ」だとずっと走っていられるように、楽しければ長時間でも走っていることができるようになるものです。親御さんと一緒にしりとりをしたり、会話を楽しんだりしながら走ることで、苦手意識をなくすことから始めてみましょう

ポイント
- 苦痛をともなう種目だと意識づけてしまっていないかな？
- 歩かなければそれで成功！　目標を高くしてしまっていないかな？

第4章　家庭でできる！　ボディイメージアップに役立つ運動

水泳

顔を水につけられない

1 あご、口、鼻、右耳、左耳、目という順番に小さい目標を達成させていく

呼吸で酸素を取り入れている私たち人間にとって、水の中が怖いのは当たり前のことです。恐怖心を最小限にするためには、とにかく小さい目標を達成させて褒めていく「スモールステップ」が必要です。少しの変化や成長を見逃さず、たくさん褒めてあげましょう

2 「1秒できる」の繰り返しで安心感を養う

ゴーグルをつけた状態で、一瞬でもいいので「顔をつけてすぐに出す」練習をします。このとき「1秒だけ顔をつければいいよ」と教えてあげることによって、お子さんは安心感を得ることができるので「1秒ならやってみようか」と思ってくれます。たとえゴーグルが少し水についたくらいでもかまいません。すかさず褒めて、次の目標につなげましょう

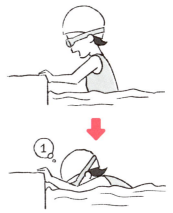

3 口で言ってできなくても、叱らずに理解してあげる

「水の中では鼻から息を吸わないんだよ」と教えたところで、それができずに鼻から水を吸ってしまう子はたくさんいます。ふだん当たり前にしている呼吸を止めるという未知の行為を、水の中という非日常的な場所でおこなうのを、すぐに理解しろといっても難しいことです。水を吸ってしまったら「苦しかったね」「鼻が痛いね」と、お子さんの気持ちに寄り添って共感してあげましょう。そこで叱ってしまうと失敗体験になりますので、余計に恐怖心が増します。叱らないことが大切です

ポイント
- 水に入る怖さがあるのは当たり前。1秒から地道にできることを積み重ねよう！
- 叱ってしまうと、余計に進展しなくなるので大人は理解してあげよう！

クロールができない

1 力を入れすぎず、ゆっくり手をかく

力を入れて手をかいてしまうと、速く動かすことになってしまい、十分な推進力につながりません。「伸びる」を意識して、ゆっくりと遠くに手を伸ばしましょう

2 泳ぎたい距離に応じて手のかく回数を指定する

回数を明確にしてあげることで、焦らずゆっくりと水をかくことができるようになります。最初は少なく始めて8回、10回と回数を増やしていくと、自然と距離を伸ばすことができます

3 バタ足も力を入れすぎず、ゆっくり泳ぐことから始める

クロールはバタ足の力はそんなに必要ありませんので、強いバタ足は体力を消耗させるだけです。急いで動かすことで酸素も消費するため、苦しくなりやすくなってしまいます。25mを泳ぎ切る目標をクリアするには、手を優しくかいてゆっくり大きなバタ足で進むことが近道です

ポイント
- ゆっくりのびのびとした手かきで大きく水をかこう！
- バタ足が激しくなりすぎていないかな？

第4章　家庭でできる！　ボディイメージアップに役立つ運動

ドッジボール

うまく投げられない

1 あおむけに寝た姿勢で真上に投げる練習をする（手首の返しの練習）

手首がうまく返せていないと、投げたい場所に投げることができません。これを鍛えるためには、あおむけに寝たまま真上にボールを投げて、戻ってきたボールを捕る、という練習が有効です。投げるほうのひじを反対の手で固定してひじから先までしか使えないようにすると、より手首を意識した練習ができます

2 座った姿勢でキャッチボールをする（力を入れすぎない練習）

座った姿勢でペアと向かい合い、手首の返しの練習と同様にひじを固定した状態で相手に投げます。相手の胸に優しく投げることができればOKです

3 相手の捕れる球を投げるように意識する

キャッチボールで大切なのは、投げるときに相手が準備できているかを確認するアイコンタクトや、相手が捕れる力加減で投げるということです。相手のことを観察し、強い力で投げすぎないようなコントロール意識が「投げる」を上達させるコツになります

ポイント
- 最初はお手玉など、重さがあって小さい球から慣れさせよう！
- 相手の気持ちを考えたキャッチボールができているかな？

強く投げられない

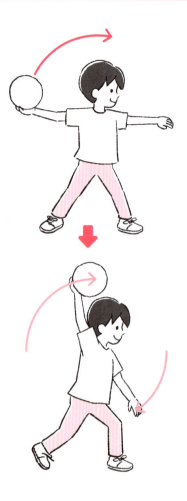

1 手を大きく広げた「風車投げ」の練習をする

投げる手だけを動かしても、ボールは遠くに飛びません。相手に対して体を横向きにし、足を肩幅に広げて両腕を床と水平に180度伸ばした姿勢で投げる「風車投げ」を練習して、下半身と上半身が連動した大きな動きを身につけましょう

2 投げる方向に目線を意識する

風車投げを正しくおこなうには、ぶれない姿勢で投げることが必要です。姿勢をぶれさせないためには目線を固定することが大切ですので、投げたい方向に目線を固定するように意識しましょう

3 投げる瞬間だけ力を入れる

風車投げを身につけても、力んでしまうと腕が大きく広がりすぎてしまい、逆にバランスを崩すことにつながってしまいます。両腕は広げるときも少しリラックスさせておき、投げる瞬間だけ力を入れる練習をしましょう

ポイント
- 近くばかり見ていないかな？　大きな動きができているかな？
- 投げる前から体に力が入ってしまっていないかな？

第4章　家庭でできる！　ボディイメージアップに役立つ運動

捕ることができない

1 体の力を抜いた捕球姿勢を覚える（ゴールキーパーのポーズ）

ボールが向かってくることに恐怖心があると、体が固まってしまいがちです。足を肩幅に広げて膝を落とし、肩の力を抜いた「ゴールキーパーのポーズ」で、しっかりと捕球できる体勢を取っておきましょう

2 柔らかいボールを使って恐怖心をなくす

捕球姿勢ができていても恐怖心が消えない場合は、当たっても痛くないボールを使って練習します。ドッジボールよりも柔らかいカラーボールやスポンジボール、風船などに変えて、段階を踏みながらドッジボールの硬さに慣れていくといいと思います。また、恐怖心があるうちは速いボールは投げず、捕れるようになったら少しずつスピードを上げることを繰り返していきましょう

3 恐怖心が強い子にはゼロ距離で「手渡し」から始める

柔らかいボールでも恐怖心が消えない場合は、距離を取らずに目の前から手渡しして捕らせる練習から始めましょう。怖いと目をつぶってしまったり、手で顔をガードしたりという行動をしますが、それがなくなるまで近い場所からの手渡しを繰り返し「できた」の積み重ねを意識した練習をおこないましょう

> **ポイント**
> - 手渡し程度の練習から、しっかりキャッチできる感覚をつかんでいこう！
> - すべての球技の基本姿勢である「ゴールキーパーのポーズ（中間位）」を覚えよう！

いかがだったでしょうか。

また、すべての運動やトレーニングに共通のOKワードとNGワードがありますので、こちらも参考にしてみてください。

OKワード集

「いいね！」

「その調子！」

「よく見てるね（聞いてるね）！」

「さっきよりできてるよ！」

「できなくてもOKだよ！」

「調子がいいね！」……

NGワード集

「なんでできないの！」

「もっとやりなさい！」

「ちゃんと見なさい（聞きなさい）！」

「何度言わせるの！」

「がんばればできるでしょ！」……

すべての運動において、スモールステップを踏む「褒める」の繰り返しで自信をつけることが何より大切です。地道な成功体験の積み重ねを意識して、できる種目、好きな種目が増えていくといいですね。

第**5**章

発達障害の子に
オススメの
スポーツを紹介

みなさんは、お子さんと一緒にスポーツを楽しんだり、好きなスポーツの話をしたりしていますか？

ふだんからお子さんと好きなスポーツについて話をしておくことは、お子さんの運動への興味や意欲を高め、部活動や習い事などで種目を選ぶときにもとても役に立ちます。

この第5章では、どんな種類の運動を発達障害のお子さんにオススメしたいのか、具体的な種目を挙げてお話ししていきます。また反対に、どんな種目が苦手になりやすいかもお話しします。

これまでの章でお伝えしてきたことを参考にしながら、お子さんが日々の練習やトレーニングに意欲的に取り組める種目を探していきましょう！

本人の希望を聞いてあげるのが基本！

習い事や部活動などでスポーツを選ばなければならないとき、必ずといってもいいほどぶつかるのが「子どもの希望」と「親の希望」の違いです。

ではそんなとき、どちらの意見を優先すべきでしょうか？

その答えは簡単で、もちろんお子さん本人の希望です。

発達障害のお子さんには「興味のないことはやらない」という特性を持った方がたくさんいます。第2章でお話しした「ワーキングメモリが不足している」という特徴が脳にあるため、興味のないことを覚えておく機能が低いので、無理にやらせようとしてもできないのです。

無理強いすれば「指示を覚えられない」「フリーズしてしまう」などのエラーが出やすくなりますから、やらせたくても上達することはできません。

また、上達しないということは成功体験にも当然つながりませんから、発達障害が改善することも期待できないのです。

だから、金銭的な問題や時間的、距離的な問題で不可能などのやむを得ない場合を除いて、**基本的には本人のやりたいことをやらせてあげましょう。**

しかし発達障害、とくにASDのお子さんには「そもそも興味のあることへの反応が薄く、好きなスポーツを聞いてもよくわからない」場合があります。

お子さんがどんなスポーツに興味があるのかわからない場合、私は「体験会や見学会に行ってみてください」とお伝えするようにしています。それも、できれば2回行ってくださいとお話ししています。

では、なぜ2回なのでしょうか。

1回目は、参加した際のお子さん本人の様子を見てください。いつもと比べて楽しそうにしているか、居心地が悪そうにしていないか、フリーズなどのエラーを起こしていないかをよく観察して、選択の材料にしてください。

2回目に行く理由としては、そこに所属しているいろんな指導者と話したり、入会しているほかのお子さんが楽しそうにしているかを見たり聞いたりしてほしいからです。

第3章の「習い事や施設を選ぶときのポイント」でもお話ししましたが、なんでも「ダメダメ」と言う指導者や怒ってばかりのコーチは、

お子さんの成功体験につながりませんから選ばないほうがいいでしょう。放置してばかりの先生も同様の理由でよくありません。

意思の表出が難しいお子さんでも、ふだんお子さんの表情をよく見ている親御さんなら、きっと気づくことや感じることがありますよね。その直感を信じてください。

お子さんの意向や興味がある運動を見つけて、意欲的に取り組めるということを第一に考えて種目選びをしていきましょう。

> **まとめ** 興味のない種目は上達もしない。
> 種目を選ぶときは無理強いせずに、
> 本人の希望を最優先してあげる。

礼節を重んじる種目は向いていない？

発達障害のお子さんを育てる親御さんは「きちんとあいさつができるようになってほしい」「人の目を見て話せるようになってほしい」など礼節を身につけてほしいという希望を持っている方も多いと思います。

発達障害のお子さんには目線を泳がせてしまったり、まっすぐに立っていられなかったりする子がたくさんいるので、世間体を気にするあまり「ちゃんとしなさい！」と怒ってしまう場面もきっとたくさんあることでしょう。

第5章　発達障害の子にオススメのスポーツを紹介

　しかし、ここまでお話ししてきたように「目線が泳ぐ」「まっすぐに立っていられない」などのクセは発達障害の特性によるものです。ビジョントレーニングやバランス感覚を鍛えて正しく感覚を発達させていくことさえできれば、改善が見込める問題です。

　それなのに「礼節を身につけられる種目を選ぼう！」と、柔道や剣道などの伝統的な礼節を重んじる種目（武道など）を親御さんが選んでしまうと、第2章でご説明した第一段階の感覚発達ができていないまま、いきなり「礼節」という第二段階以降の感覚発達を求められることになります。お子さんにとっては、できないことを求められるので苦痛を感じやすくなってしまう可能性があります。

　また、第1章でお話ししたとおり、発達障害のお子さんは「予測できないことはイメージできない」ので「見て覚える」「感じ取る」といった覚え方が向いていないのも、武道が苦手になる原因です。

　とはいえ、もちろん、お子さん自身が興味を持っている場合は、指導者とよく話をして理解が得られるのであれば、やらせてあげましょう。本人が楽しく学べるのであれば、通っているうちに第一段階からの発達を得られることもあります。

　社会で生きていくうえで、間違いなく礼節は大切です。円滑なコミュニケーションを取って、よい人間関係を築いていけるようになることは、いずれ親御さんの手を離れていくお子さんにとっては必要なことです。

　でも、礼節を大切にしたいからこそ「急がば回れ」の気持ちが重要です。急に最終段階を求めず、第一段階からしっかり感覚発達できることを優先して進んでいきましょう。

135

| まとめ | 礼節は第二段階以降で得られる感覚。
いきなり求めず「急がば回れ」の気持ちで、
基礎感覚を発達させることを優先する。 |

コンタクトスポーツは向いている？

コンタクトスポーツという言葉をご存じでしょうか？

スポーツの中でも、競技者同士の接触の度合いが高いものを指す言葉で、柔道や相撲、レスリング、ラグビーなどがその代表例です。

先ほどの項で、礼儀を重んじる「武道」は、あまり発達障害のお子さんには向いていないかもしれないという話をしましたが、コンタクトスポーツという観点でいえば、向いているといえなくもないのです。

たとえば、柔道は相手の道着をつかんだり、至近距離で技を出したりしますよね。これを習う場合、多くは指導者が相手役となってお子さんと組んで、どう動くべきかを指導してくれると思います。

すると、指導する側は相手の改善すべき点がわかりやすく、反対に指導される側のお子さんは相手の一挙一動が直接的な感覚で伝わってきます。これが、発達障害のお子さんにとって、言葉や身振りだけで指導されるよりも理解しやすいのではないか、という考え方があるのです。

第5章　発達障害の子にオススメのスポーツを紹介

　もちろん、触れられること自体を嫌がるお子さんもいますので向き不向きはありますが、言葉ではなかなか指示が伝わらないお子さんには、試してみるのもいいかもしれません。

　もし教室を探すのであれば「礼儀作法より、とにかく体をたくさん動かしてほしい」といった理念のあるところを探すと、発達障害のお子さんでも無理なく通うことができるのではないでしょうか。

　その教室や、そこで体を動かすことが好きになれば、いつかは自然と礼儀も追いついてくるようになります。柔道などのコンタクトスポーツをやらせてみたいなら、まずはお子さんの気持ちが動く教室を探してみてください。

> **まとめ**
>
> 言葉の指導より理解しやすい
> 「コンタクトスポーツ」を好きになることで、
> 礼儀があとから身についてくる。

団体競技は向いていない？

　発達障害のお子さんは、団体競技も苦手だといわれています。

　これは「ボクがミスしたから失点した」などのように自分を責めてしまったり「おまえがミスしたから失点した」と責められたりして、失敗体験が明確になりやすいことが原因だと思います。

　具体的な種目でいうと、

- バスケットボール
- テニス（ダブルス）
- 卓球（ダブルス）

　などは失敗が目立ちやすく、責任の所在が明確になりやすい種目だといえるでしょう。

　ただ、すべての団体競技が向いていないかというと、そんなことはありません。

　たとえばサッカーの場合は、人数が多いこと、フォーメーションが判然としにくいことなどから責任の所在が明確になりにくく、失敗体験として記憶される事態につながりにくいのです。とくに幼い年齢のうちは、ルールやフォーメーションを重んじるというより、体力をつけることを重視した教室が多いので、本格的に高いレベルを目指す場合以外はミスが目立たない種目だといえるでしょう。

　また、バレーボールが向いているお子さんもいらっしゃいます。

　バレーボールは、パターンが決まっているシステマティックな種目です。まず1回目がレシーブ。2回目はトス。そして3回目がスパイク。基本的にはこのパターンで3回以内に相手のコートにボールを返せばいいわけです。

　よほどの上級者にならなければ、求められる技術やコントロールもそれほど高度ではないので、失敗体験として認識しにくいという点がよいのでしょう。さらにASDのお子さんの場合、決まったパターンや動作をむしろ得意としていることも多いため「向いている」と感じることも多いようです。

このように、発達障害のお子さんにとって「団体競技」というひとくくりで向き不向きを判断することはできません。

種目選びのポイントである「お子さんがやりたいかどうか」や「体験させてお子さんの興味を探る」などを参考にして、向いている団体競技を探してみるといいでしょう。

まとめ

「団体競技が向いていない」とひとくくりにはいえない。
体験を通じてお子さんの意欲や興味を探って、
向いているかどうかを種目ごとに判断する。

個人競技は向いている！

次に個人競技についてです。

マラソン（ジョギング）、陸上、水泳（スイミング）、体操、ダンス、トランポリン、スキー、スケート、自転車などいろいろな競技がありますが、これらは基本的に「向いている」と私は判断しています。

なぜなら、これらは「練習すればするだけ成果が出やすい」種目だからです。

しつこいようですが、発達障害のお子さんにとって大切なのは「成功体験」です。

先ほどの団体競技であれば、自分がミスしたときにチームメイトに対して申し訳なさを感じやすいので、自分を責めてしまいがちになり

ます。しかし個人競技であれば、たとえ失敗しても迷惑をかける相手は自分自身です。だから**自責の念を感じにくく、練習を重ねることで成功体験も積み重ねやすい＝上達しやすい種目が多い**といえるのです。

　陸上競技、とくに短距離走や長距離走であれば、前回のタイムと今回のタイムの比較などはっきりした数字で目標も立てやすい、つまり成功予測がつきやすい種目だといえます。また、道具もいらないので一度嫌になってやめてしまったとしても、またやりたいと思ったときに再開できる点も発達障害の特性に向いているでしょう。

　個人競技の中でも、とくにオススメのひとつが水泳（スイミング）です。

　水泳は肌を露出した状態で水の中に入ります。大きく手足を動かすことが基本なので、感覚の発達にもとても役に立ちます。そういった体を大きく動かす粗大運動をおこなうことが、東大生が小学生のときに通っていた習い事として、水泳が長年1位であることにも通じていると私は思っています。

　水の中という閉ざされた特殊な空間で、効率よく進む理論や手の角度などを追求する点が、発達障害のお子さんには向いています。また、水泳をおこなうことは、肩甲骨まわりの可動域が広がり、インナーマッスルを鍛えられるという効果も得られます。

　またトライアスロン、バイアスロンもオススメです。「子どもにトライアスロンなんて過酷な競技はムリ！」と思われる親御さんもいるかと思いますが、じつはキッズの体験会や大会もあり、小学校の低学年から参加することができます。キッズのトライアスロン大会は10〜30分と短く、気軽に挑戦しやすいスポーツなのです。

第5章　発達障害の子にオススメのスポーツを紹介

　多くの競技はトップを目指すことが目標になりがちですが、トライアスロン（バイアスロン）は参加する選手のほとんどが、まずは完走することを目的としています。それは、そもそも完走すること自体が難しい競技だからです。そのため、ほかの選手との比較で落ち込むことも少なく、自分自身の上達を追求していける点が発達障害のお子さんには向いているといえます。

　ほかの個人競技について、たとえば体操、ダンス、トランポリン、スキー、スケート、自転車などですが、自分が気持ちよく体を動かせるものには興味が向きやすいでしょう。

　個人競技を始めるうえで大切なのは、お子さんが興味を持ったときにすぐに始められるような基礎的な体づくりをしておくことです。短距離走やダンスなどは、ある程度の体力や感覚が備わっていないと、せっかく興味を持って取り組んでもすぐに壁にぶつかってしまいます。

　この本を参考にしながら、幼いうちからできるだけたくさんのボディイメージをつけて、お子さんが好きな種目をすぐに楽しめる体づくりを意識しておこなっていきましょう。

まとめ

個人競技は向いている場合が多い。
やりたいと思ったときにすぐに始められるよう、
基礎的な体力づくりをして備えておく。

ダンスや体操はとくにオススメ！

　先ほど挙げた個人競技の中でも、私がいま注目しているのは、ずばりダンスです。

　ダンスは、ぜひやったほうがいいと思います。この競技は、人や音楽に合わせることが求められるため、協調性を高めることができるスポーツとして、とても注目しています。

　私は、ダンスは言語だと思っています。実際に海外に行って、現地の言葉を話せない人でも、踊ることでどんな国の人とも通じ合えるのがダンスの魅力です。

　言葉のコミュニケーションが難しい発達障害のお子さんは、ボディランゲージともいえるダンスを覚えることで、たくさんのメリットがあります。言葉以外のコミュニケーションツールになり、表現の幅も広がっていきます。

　どんな種類のダンスでも、上手ではなくても、音やリズムに乗れるだけで十分です。それは、ほかのスポーツにも応用できるからです。スポーツにはリズムがあり、ボールを投げるときや跳び箱を跳ぶときに、リズムよくおこなうことが上達につながります。さまざまなメリットがあるダンスを、ぜひ取り入れてみてください。

　また、体の動かし方を理論どおりにおこなえば、必ずできるようになるのが体操です。「体」を「操」ると書く「体操」は、いろいろな体の部位を動かすことが求められます。自分の体の動かし方を知り、

能力を高めるという点で体操もとてもオススメの種目です。

　体操はすべて、どう動けばどの動きにつながる、という理論に基づいています。なぜ人は回転するのか、より高く跳ぶためにはどの筋肉をどう動かせばよいのか。ひとつひとつの動きには、必ず理論があります。だから、運動が苦手なお子さんにとっては、より高いレベルでボディイメージを学んでいくことにつながっていきます。

　また、体操はほかのスポーツを習得したい場合の体づくりにも効果があります。どの場所にどんな筋肉があるのかを学び、実際にそれを鍛えていくことができるからです。体操は、どんな動きにも対応可能になれる、汎用性の高いスポーツだといえます。いろいろなスポーツへの可能性を広げるためにも、関節の柔らかい小さなうちから体操に親しんでおくといいでしょう。

　このように、言葉以外のコミュニケーションの獲得や体の動かし方の理論を知ることは、発達障害のお子さんの可能性を広げていくことにとても役立ちます。

　いまではネットで検索すれば動画指導にもたどりつきますし、道具を使わなくても始めることができる種目です。ご家庭でも、ぜひ積極的に取り組んでみてくださいね。

まとめ

言葉以外のコミュニケーション獲得や、
体の動かし方の理論を学べるダンスや体操は、
お子さんの可能性を広げていく。

マラソンも続けている子が多いので オススメ！

　陸上競技の中で、私がとくにオススメなのはマラソン（ジョギング）です。

　ジョギングは、そもそも誰かと勝負するわけではないため、順位などを気にせず自分のペースで走ることができます。また、マラソンのレースも大勢で走るため、ほかの人たちの順位があまり気になることはありません。

　走るというシンプルな動きを淡々と続けるという競技特性が、発達障害のお子さんには合っている、あるいは苦にならないという理由もあります。だから、私のまわりにも、発達障害のお子さんがずっといつまでもマラソンを続けているというケースをよく耳にします。

　市民マラソンに出場するお子さんもとても多く、私が帯同して一緒に走ることもあります。

　マラソンは、練習したらしただけちゃんと成果が出やすい競技です。正しく努力できていれば、結果が上向きに変わっていきます。これが、発達障害のお子さんにとって上達しやすいといえるポイントです。

　しかし、そもそもマラソンが好きではないというお子さんもいますよね。苦しい思いをして走るのが、楽しいとは思えないのもよくわかります。

　たとえば、学校のマラソン大会で、静かに黙って走っていないと怒られたりしませんでしたか？　友だちと仲よくおしゃべりしながら走

っていたら「しゃべりながら走るな！」「まじめに走れ！」と先生から叱られてしまい、ひたすら黙々と走らされた……という経験をした方も多いのではないでしょうか。

でも、長距離を走るときは、リラックスしている状態でいるのが一番です。無駄な力が入ればそれだけ血流が悪くなり、体全体に酸素がうまく行き渡りません。だから、余計に苦しくなってしまうのです。このように、スポーツの理論上でいっても、走るときにしゃべってはいけないなんてことはないのです。

長い距離をゆっくり走るLSD（ロング・スロー・ディスタンス）トレーニングをおこなうと血流がよくなり、酸素を運ぶ割合が多くなるので疲れにくくなります。もちろん、それなりの体力は必要ですが、体がリラックスさえしていれば、時間がかかっても長距離を走り切ることができるのはこのためです。

私はいまでも、子どもにマラソンを教えることがありますが「しりとりをしながら走ろうか！」などと声かけをしておこなっています。リラックスして走ることで、楽に完走できる感覚を覚えてほしいからです。

陸上競技はゴールに早く着くことが求められがちですが、楽しんだり体の機能を強化したりするのが目的であれば、速さを気にすることはありません。まずはリラックスして走ることを覚えて、マラソンを楽しめるようになることから始めてみるといいでしょう。

まとめ
マラソンは続けやすい種目。
まずはリラックスして走る感覚を覚えて、
マラソンを楽しめるようにする。

145

球技をするならこれがオススメ！

「うまくボールを捕れない」「ドッジボールが怖い」など、多くのお子さんが苦手になりやすいともいえる「球技」ですが、向いている球技はあるでしょうか。

　私なら、たとえば卓球やバドミントン、テニスなどをオススメします。
　中でも卓球は、発達障害のお子さんには向いていると思います。まず、卓球台は小さくて競技のエリアが狭いので、動く範囲も少なくて済みます。また、テニスやバドミントンのようにラケットが長いと、ある程度の操作能力が必要になりますが、卓球の場合はラケットが小さくて、手からすぐ近い位置にあるので扱いやすく、取り組みやすい競技です。トップレベルになると体力も瞬発力も必要ですが、楽しく体を動かすのが目的であれば問題ないでしょう。

　もちろん、これらはすべてシングルスでおこなう場合です。ダブルスでおこなう場合は、先ほどご説明したように、ミスをすると自分を責めたりパートナーから責められたりして、それが失敗体験につながるのであまりオススメできません。
　しかし、シングルスであれば1対1で相手と戦うので、失点があったらすべて自分の責任です。シンプルにミスを受け止めることができれば「失敗体験」ではなく、単なる「改善点」として捉えることができます。
　このように、ミスを改善点として捉えられるお子さんであれば、発

達障害の特性はむしろよい影響をもたらすこともあります。

発達障害のお子さんは、ルールへのこだわりや興味を持った分野における特化した記憶力、あるいはルーティンを最優先するなど、スポーツを極めることに向いている特性を非常にたくさん持っています。

これは大げさではなく、もしかするとプロにもなれるほどの能力を持っている可能性だってあります。日常生活や健康をおびやかすほどの過集中はいけませんが、本人の興味が向いていて親御さんがサポート可能なのであれば、好きな球技の種目をどんどんやらせてあげるのがいいと思います。

また、球技はご家庭でも気軽に楽しめるスポーツのひとつです。

向いているかどうかや興味があるかどうかは、実際に試してみると一番よくわかります。ご自宅や近所の公園などで、テニスやバドミントン、バスケットボールをしながらぜひ一緒に遊んでみてください。親御さんが興味のあるスポーツでもかまいません。道具がそろっていなくても、最初は真似事でもいいと思います。お子さんがやりたそうにしているかどうか、いろいろな球技を試してみてください。

数ある球技は、ルールやボールの大きさなどでひとつひとつのおもしろさは全然違います。できるだけ小さな頃からさまざまな球技に慣れ親しんでおいて、部活動などで何かを選ぶことになったときに、ひとつでも種目の選択肢を増やせるようになるといいですね。

まとめ
シングルスの球技であれば「失敗体験」ではなく「改善点」として捉えられる可能性がある。
ふだんの遊びに取り入れて興味や適性を見極めておく。

部活動選びのポイント

　中学校に上がると部活動を選ばなければいけないことも多いですが、そんなときに親としてどんなことをアドバイスすればいいか悩みますよね。

　また、一度入った部活動を嫌がったとき、どう声かけしたらいいか……という悩みをお持ちの方もいらっしゃることでしょう。

　ここまで、いろいろな競技の中でも、発達障害のお子さんにオススメの種目についてお話ししてきました。これを参考に、お子さんと十分な時間をかけて競技種目を選べるように準備しておくのもひとつの手です。

　でも、それができればいいのですが、読者の方の中には「いま知りたい！」という方もいらっしゃると思うので、私が考える部活動選びのポイントについて少しお話ししたいと思います。

　まず、これを言わせてください。

　「ひとつの競技を我慢して続ける必要はまったくない」ということを……！

　昔はよく「つらくても続けていればいい結果につながる」という根性論を耳にしました。昭和生まれの私もそのように教えられてきましたし、実際あの頃は多くのスポーツでそれが実践されていました。

　でも、思い出してください。発達障害のお子さんは、脳の特徴的に「興味のないことは覚えられない」という特性を持っています。無理

やり覚えさせることは不可能、と思ってもらってもいいと思います。

　これは、発達障害のあるなしにかかわらず、興味のないことを覚えるのは誰しも大変なことです。中にはそれが得意という方もいるかもしれませんが、それはごくごく稀なことでしょう。それなのに、なかなか覚えられずにつらくても我慢して続けなさい、というある種の根性論は、まったく意味がありません。

　大切なのは、本人の興味が向いているかどうかです。部活動を選ぶときには見学や体験などを通して、本人の気持ちが動いた種目を自由に選ばせてあげてください。

　また、次の項で詳しくお話ししますが、ひとつのスポーツに決めないことで得られるメリットもあります。

　親御さんは、部活動を始めたお子さんの様子をよく観察してみてください。そこで、最初に選んだ種目が合っていないと感じたら、その部活動に執着する必要はありません。スパッとやめて、ほかの種目の部活動を体験させてあげましょう。

　いろんな部活動をやめてしまうからといって、焦ったり怒ったりする必要もありません。いつかは好きなものが見つかりますし、もしかしたらそれはスポーツではないほかの何かかもしれませんが、本人の意思ですからそれを尊重してあげればいいと思います。

「お子さんが気持ちよく活動できること」こそが、選ぶべき部活動の一番のポイントです。

> **まとめ**
>
> ひとつの種目にしばられる必要はない。
> 本人が気持ちよく活動できることを第一優先に、
> いろいろな可能性を探ってみる。

マルチスポーツのススメ

　日本は、サッカーだったらサッカー、野球だったら野球というように種目を一本にしぼって進みがちな傾向がありますよね。

　幼児期にサッカーを習わせたから、そのままサッカーを続けてほしいと思う親御さんも多いと思います。子どもの教室にお金を出しているのは親ですから、活躍するなど何らかの対価が返ってくるまで続けさせたい、そんな気持ちになるケースもあるかもしれません。

　しかし、ゴールデンエイジと呼ばれる9～12歳頃やジュニア世代全般は、できるだけ複数の種目をおこなったほうがいいという話があるのをご存じでしょうか?

　このゴールデンエイジの時期は、運動神経がもっとも発達するといわれていて、さまざまな種目を同時におこなうことで神経系が鍛えられ、敏捷性や瞬発力、バランス感覚や巧緻性が養われていきます。

　同時に複数のスポーツをおこなうことを「マルチスポーツ」と呼びますが、このマルチスポーツにはほかにもさまざまな効果が期待されていて、スポーツ庁でも「地域における子どもたちの多様なスポーツ機会創出支援事業」が令和6年度から実施されています。[1]

マルチスポーツで得られる効果

- 身体機能の向上
- ケガの防止
- 社会性、協調性の向上

ひとつのスポーツで鍛えられる筋肉や神経系は限られていますが、同時に複数おこなえばいろんな部位を発達させることができて、身体機能の向上やケガの防止につながります。

また、複数のコミュニティに所属することになるので、社会性や協調性を育みやすく、教育的意義が大きいとされています。

時代が変わり、スポーツの選び方もさまざまに変化してきました。

マルチスポーツをさせるのは、親御さんの時間や体力、あるいは金銭的な問題などもあって簡単なことではないでしょう。でも、ひとつの種目だけではなく、さまざまなスポーツに親しむ機会を与えてあげて、お子さんが大きく成長していく姿を見守っていくことができれば、それはとてもいいことですよね。

> **まとめ**
>
> 同時にマルチスポーツをすることで、
> 身体機能の向上や社会性、協調性の向上も期待できる。
> ひとつではなく複数の種目にチャレンジするのがベスト。

※1　スポーツ庁「マルチスポーツについて」　https://www.mext.go.jp/sports/b_menu/sports/mcatetop05/list/1377272_00003.htm

発達障害のお子さんとスポーツの可能性

　世界には、たくさんのスポーツが存在しています。

　日本にも昔から、相撲や柔道、野球やサッカーなど国民的スポーツと呼ばれるほど親しまれている競技がたくさんあります。

　体を動かすことは気持ちがいいですし、これまでお話ししてきたとおり、子どもが発達成長していく中で必要な機能は、すべて運動から取り入れられていくといっても過言ではありません。だから、お子さんが運動を苦手になってしまうよりも、自分のやりたい運動をやりたいように続けられるほうがいいですよね。

　でも、発達障害のお子さんは、なかなかそのようにできないのが現状ではないでしょうか。

　日本には、まだ発達障害について知識のあるスポーツ指導者が少なく、発達障害のお子さんの「できない」「やらない」に直面するとあきらめてしまうことも多いからです。

　置かれた環境によっては、発達障害のお子さんの才能を開花させられるケースもたくさんあると思います。しかし、発達障害と診断されるお子さんが増え続けているいまの世の中で、その可能性は果たして何％なのか。埋もれてしまうお子さんのほうがまだまだ多いのが現実です。

　一般的に発達障害のお子さんは、コミュニケーション能力や協調性が低く、団体行動が苦手なことも多いため、スポーツなどの習い事を

続けられなくなることもあります。

　熱い指導者のいる教室に通わせてみたけれど、発達障害のお子さんを指導した経験があまりなく「対処できないと断られてしまった」というケースもよく耳にします。

　指導者はベテランだからいい、というわけではありません。大切なのは、そのお子さんに寄り添って、運動を好きにさせることではないでしょうか。たとえ発達障害の知識がなくても「この子にどう指導したらよくなるんだろうか」を真剣に考えてくれる指導者は、きっとお子さんのためになると思います。

　体を動かすことがすでに苦手になっているお子さんもそうでない方も、第4章とこの第5章でオススメした運動を、まずはちょっとだけでもいいので試してみてほしいと思います。

　そうして、本人が少しでも運動への興味ややる気を見せてくれたら、可能性を信じてお子さんが好きになれるような運動を探してみてください。それが、発達障害のお子さんやご家族の生きやすさにきっとつながっていく、と私は信じています。

　お子さんの成長発達を促すことのできる運動やスポーツの可能性を、これからも一緒に探っていきましょう！

> **まとめ**
>
> 子どもが運動を好きになることが大切。
> 本人に合った運動を楽しく続けることで、
> 成長発達の可能性が上がっていく。

発達障害は個性であって病ではない

　日本では、推計値でおよそ87万人の方が発達障害だと診断されているということが、厚労省の調べ[※1]でわかっています。
　2022年の文科省の調査によれば、じつに小中学生の8.8%に発達障害の可能性があると見られていて、その数は年々増え続けているのが現状です。[※2] これは単純計算すると、35人学級で3人以上の発達障害のお子さんがいるということになります。
　この原因はさまざまで、一概に良い悪いといえるものではありませんが、専門家が介入できる機会が増えるという意味では、私はお子さんが早期に「発達障害」と診断されることに対して悪い印象を抱いていません。

　指導の現場にいると「発達障害」と診断されることに、過敏な反応を示す親御さんにお会いすることがよくあります。我が子が「病である」と宣告されるようで、抵抗感を抱く方がいらっしゃるのは私もよく理解できます。誰だって、自分の子どもが病気になったら心配ですよね。できるだけそんな場面は避けたい、と思うのは当然のことでしょう。

しかし、お子さんはあっという間に年齢を重ねていきます。

スポーツ教室などで関わり合えるのは、ほとんどのお子さんが長くても6年程度ですが、お子さんの人生は保育園、小学校、中学校、高校とその先も長く続いていきます。ステージごとに成長の度合いは変わり、悩みもまた変化していき、気がつくと大人の仲間入りをすることになります。

発達障害という特性には、この本でお話ししてきたとおり、脳のメカニズムをよく理解して関わっていくことが大切です。そして、これをある程度の成長や経験を積んだ年齢から取り入れるよりも、できるだけ早い成長段階で取り入れてあげることが重要です。

だから「発達障害」の診断がつくことに怯えている時間は、お子さんにとってはとてももったいない時間なのです。怯えているよりは診断を早くもらって、早い段階から特性に見合った方法で指導を受けたほうが、お子さんの将来にとっては有益だといえます。

お子さんの成長は、驚くほど早いものです。その限られた時間をどれだけ有効に使ってあげられるかで、発達特性の出現度合いが大きく変わってくるとしたら、あなたはお子さんにどんな選択をするでしょうか。

この本では、

● **発達障害の子はなぜ運動が苦手になってしまうのか**
● **運動することで、発達障害の生きづらさを解消する**

おわりに

- ●家庭や指導現場での注意点とポイント
- ●家庭でできる！　ボディイメージアップに役立つ運動
- ●発達障害の子にオススメのスポーツを紹介

という大きな5つのテーマに分けてお話ししてきました。

これまでの章で触れてきた「ボディイメージ」「感覚統合（発達）」「ワーキングメモリ」「成功体験」というキーワードは、運動だけにとどまらず勉強や社会生活において、どの場面でも活用できる知識です。

発達障害のお子さんにはそもそも運動が苦手な子も非常に多く、すぐさま運動を取り入れるということが現実的ではない場合もあります。でも「ボディイメージ」「感覚統合（発達）」「ワーキングメモリ」「成功体験」のキーワードを忘れずに、私がオススメした運動を試してみていただくことで、必ずよい変化が現れると思います。

お子さんが毎日の生活を楽しんで、将来的にはひとりで生活していけるよう、少しでもいまの生きづらさを軽減してあげるためには、小さい頃からの運動がカギになることは間違いありません。

何かにチャレンジしたとき、失敗したことはいつまでも心に残りやすく、できるようになるまでには相当な時間を要します。それならば、たとえできなくとも「親に褒められる」という成功体験をたくさん積ませてあげて、チャレンジする勇気を失わないようにしてあげればいいのです。チャレンジすることをやめなければ、いつか必ずできるようになる日が

来ます。

　運動やスポーツを通じてそれを小さな頃から体験していると、失敗を恐れずにチャレンジし続ける強さを持ったお子さんへと成長していきます。その強さは、人間関係や勉強、仕事をするうえでもとても大切な力になるでしょう。

　また「発達障害」というのは医師による診断名ですが、その発達特性はお子さんのひとつの「個性」です。「あれは得意だけどこれは苦手」といった、誰にでもある「個性」が強く出ているのが発達障害のお子さんです。

　お子さんの「いま」を真剣に考えることは大切ですが、同時に深刻に捉えすぎないことも重要です。「得意なことは伸ばす」「苦手なものに慣れる」という意識で「個性」と向き合っていくことで、肩肘を張りすぎないほどよい関係をお子さんと築いていくことができると思います。

　そしてその「個性」が、まわりのお子さんより能力的に抜きん出ているというケースもよくあります。発達障害のお子さんは、磨けば光る原石だといってもいいでしょう。だから、運動が苦手だからといって、最初からスポーツをあきらめるのはもったいないことです。脳の特性に応じた教え方を大人がおこない、正しく導いてあげることさえできれば、必ず原石は輝きを増していきます。

　それでも悩むことはたくさんあると思います。しかし、それ以上にたくさんの笑顔と「できたね！」があふれる生活を送ることができれば、それがご家族にとっては一番の幸せな

のではないでしょうか。

あなたのお子さんが平均点を取れなくても、問題行動を起こしたとしても、生まれてきてくれただけで唯一無二の存在です。お子さんの「個性」を見つけ、それを生かしていくことで、これまでは欠点だと思っていた「個性」が「才能」になっていきます。

親御さんに専門的な知識がなくても、発達障害の特性をよく理解して親子ともに笑顔で生活が送れるように、という思いを込めて私はこの本を執筆しました。

この本と出会ったことで、たくさんのお子さんや親御さんの生きづらさが解消されて、楽しく発達障害のお子さんの成長を見守れるようになったとしたら、私にとってこんなに幸せなことはありません。

運動やスポーツを通じて、自信をたっぷりつけたお子さんと一緒に、親御さんも自信を持って子育てしていくことができるよう心から祈っています。

2025年3月　『スポーツひろば』代表　西薗一也

※1　「令和4年生活のしづらさなどに関する調査」の結果より　厚生労働省 2024年5月31日
https://www.mhlw.go.jp/content/12201000/001271100.pdf

※2　「通常の学級に在籍する特別な教育的支援を必要とする児童生徒に関する調査」文部科学省 2022年12月13日
https://www.mext.go.jp/b_menu/houdou/2022/1421569_00005.htm

発達障害の生きづらさは
スポーツで解消される！

....

2025年4月4日　初版第一刷発行

著　　　者 ╱ 西薗一也

発　　　行 ╱ 株式会社竹書房
　　　　　　 〒102-0075 東京都千代田区三番町8-1
　　　　　　 三番町東急ビル6F
　　　　　　 email：info@takeshobo.co.jp
　　　　　　 URL　https://www.takeshobo.co.jp

印 刷 所 ╱ 株式会社シナノ

カバー・本文デザイン ╱ 轡田昭彦＋坪井朋子
イ ラ ス ト ╱ 坪井朋子
特 別 協 力 ╱ 岩城章代
取 材 協 力 ╱ スポーツひろば
編集・構成 ╱ 中島沙都美

編 集 人 ╱ 鈴木誠

本書掲載の写真、イラスト、記事の無断転載を禁じます。
落丁・乱丁があった場合は、furyo@takeshobo.co.jpまで
メールにてお問い合わせください。
本書は品質保持のため、予告なく変更や訂正を加える場合
があります。
定価はカバーに表示してあります。

Printed in JAPAN 2025